財團法人兒童文化藝術基金會

蜘蛛詩人

第一屆臺東大學兒童文學獎作品集

Spider Poet

財團法人兒童文化藝術基金會／出版

國立台東大學兒童文學研究所／編輯企劃

迎向旭日·往東大邁進

國立台東大學校長　郭重吉

「臺東大學兒童文學獎徵選活動」於二〇〇三年首度舉辦，一方面是為慶賀臺東師院自今年八月起正式升格為臺東大學，成為臺東地區第一所大學；另一方面是慶賀兒童文學博士班的成立與第一屆招生，不僅可以為臺東地區的學子提供更優質的學習環境和進修管道，更為台東大學在兒童文學的學術研究及實務推展上面開拓新的願景。

有鑒於要積極發展臺東大學的特色與深入兒童文學研究領域，本次活動的舉辦特別鼓勵在籍高中職及大專院校學生（含日、夜間部學生及碩、博士生）致力於兒童文學創作，推廣書寫能力，期能提升兒童文學創作風氣，為教育界及文學界培養出更多新生代的兒童文學閱讀者與創作者。

本次徵選活動的確吸引許多各級學校的學生勇於參與創作，經過初審後總計收到一〇九篇作品，包括高中職學生二十五篇，大專院校學生四十六篇，碩、博士生三十八篇。作品來源適度地分布於三種不同屬性的學生族群，顯示未來有能力投入兒童文學研究及創作的人才分布很廣，相當值得期待，並能夠各級學校中加以培養。

經過聘請十位專業的評審委員（包括五位複審委員及五位決審委員），針對作品的內容、表現形式及兒童文學創作的技巧等進行縝密的複審後，選出二十七篇作品進行決審，並於決審會議上選出前三名優秀作品及佳作八篇。值得一提的是，評審過程中曾針對學生的作品尚未符合一般社會獲獎的標準審慎地加以評判及考量，諸如故事邏輯較不順暢，錯別字出現頻繁等，但是評審們基於鼓勵學生創作的立場，因此決議共選出十一名優秀作品，其餘佳作從缺。

整體而言，本次臺東大學兒童文學獎徵選活動基於多元教育的理念，主要目的在於鼓勵創作，當然，藉由彼此觀摩，希望往後更能提升參賽作品的水準。在此，感謝各校踴躍參賽的同學，並由衷感謝財團法人兒童文化藝術基金會贊助出版，本校語文教育學系及兒童文學研究所師生共同投入參與徵選工作，讓這次的活動能夠圓滿落幕。

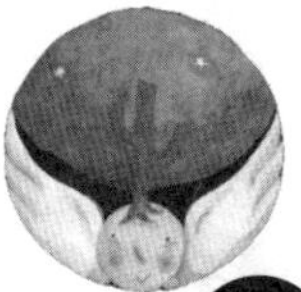

目錄

第三名

佳作

評審名單

決審委員：

方素珍、洪文瓊、馮季眉、陳正治、游珮芸

複審委員：

吳當、洪志明、陳玉金、陳昇群、鄭淑華

（按筆畫順序排列）

用奇思妙想　建構一個更有趣的世界

國語日報副總編輯　馮季眉

對於第一屆的「台東大學兒童文學獎」進入決選的二十七篇作品，從不同角度分析，個人有一些觀察；全體評委討論過程中，也有一番意見激盪。雖然代表評委撰寫總評，但是恐怕無法周全的呈現每一位評委的意見與想法。以下是個人對這次作品評選的一些想法與紀錄。

可有一新耳目的題材？

有關靈感與想像力、創造力的作品，有：〈蜘蛛詩人〉、〈故事遺失了〉、〈最後一根火柴〉、〈驚奇的作文〉等篇。以環保、生態、嚮往自然為命題的，有：〈飛翔吧大樹〉、〈小海豚的心事〉、〈沖天炮的笑聲〉、〈土撥鼠一家〉、〈土地公公流浪去〉等篇。談自我認同的，有〈小金豬〉、〈小河馬胖胖減肥記〉、〈我好想〉等篇。寫冒險的，有〈小土撥鼠的春天〉、〈圓圓與丁丁〉。〈阿溜不想換新衣〉這一篇則是兼具自我認同和冒險的主題。一般童話題材大約不脫上述這幾大主軸，本次徵文也不例外，並沒有一新耳目的感覺。不過，即使取材未見創新，但編故事的功力還是有高下之別。各類之中，終究可以找出一兩篇是處理得比較成功的。

可有令人難忘的角色？

讀過這篇童話之後，其中的角色還鮮活的存留腦海的話，這篇作品通常不會差，所以角色的塑造當然重要。此次很多作品還是選擇以動物為主角，計有恐龍、河馬、猴子、蜘蛛、土撥鼠、海豚、蚯蚓、蛇、豬、狗、蟬等；沒有動物出現的只有少數幾篇。而作者根據各種

動物的特質加以發揮，往往也因為這個動物主角的「先天限制」，容易制約了作者發揮的能量，不容易有超出預期或出人意表的表現。我個人認為其中比較成功的代表，有：〈蜘蛛詩人〉裡那隻變得「非常文藝」的蜘蛛，還有〈小海豚的心事〉中回憶與大鯨魚在海中相伴歲月的小海豚，〈阿溜不想換新衣〉中勇於嘗試的蛇，以及〈魁星樓的多多〉中的小狗多多，都是較為鮮明深刻的動物角色。人物方面，〈土地公公流浪去〉裡的土地公，也是很有生命力、正義感的角色，讀後能留下深刻印象。

故事是否說得精采？

故事是否說得精采巧妙，關乎作品成敗。出入時空，是童話常見的手法，也是此次多篇作品採用的說故事方法，例如〈妖魔的衣櫃〉，出入人界與妖魔界；〈故事遺失了〉，出入想像與現實的世界；〈驚奇的世界〉，出入文字世界；〈最後一根火柴〉，出入不同時代空間。童話也常見出入夢境與現實的技法，以「原來是一場夢！」處理前情的手法，如〈恐龍CC〉。可惜這些作品並沒有令人刮目相看的表現。相形之下，「說法」比較特殊的，應該是〈小海豚的心事〉，採用獨白的方式，敘述前塵往事。說得比較巧妙的，如「蜘蛛詩人」，把蜘蛛殺手變成詩人，轉折鋪陳不錯，有些地方的巧思與趣味能夠吸引人，例如蜘蛛網的「網」和網路的「網」的異曲同工之妙。還有〈阿溜不想換新衣〉，說的是一條名叫阿溜的蛇如何不斷的「換新衣」——變成其他的東西，最後終於體認做自己最好，不想再變身了；也是說得較有趣的一篇。

評審過程眾聲喧嘩

經過幾番的討論與投票，哪些作品可以勝出，評委已有共識。但此獎的獎金頗高，所選出的作品，水準應具一定高度，以期與獎金規格相符，因此給獎的寬嚴也引起討論。最後多數評委主張不吝獎勵，通過了第一名〈蜘蛛詩人〉等各項獎額，也期許此獎明年出現更多優秀作品。

綜觀這次進入決選的作品，五位評委的評價大致是：徵稿對象是高中職以上學生，參選作品當然不能與名家名著相比，而最後得獎的作品，和目前各大兒童文學獎得獎作品相較，也有一段距離；不過，整體來看，有些作品水準還不錯。普遍的問題則是：文字表現方面，文字美學較欠缺；錯別字多；語言的使用，洗鍊不足。有些作品趣味性還不錯，但是想像力不夠豐盈，編故事的能力需要加強。題材方面，類型不脫以下兩種：一種是抓住一個「知識概念點」加以鋪陳，一種是自生活經驗中取材；未見能夠能大開大立的題材，類型也不夠多元。這些不盡理想之處，留下了有待進步的空間。

在創作趨勢方面，魔法熱似乎稍微退燒了。此次故事中出現巫婆、巫師的，有：〈阿溜不想換新衣〉、〈對話者〉兩篇，表現並不俗。並不是寫巫師、巫婆就一定了無新意，但是不諱言有些創作者受到流行趨勢的影響，寫些「畫虎」之作，「借用創意」的結果往往是不會有更大的創造表現。唯有回歸到「寫自己想寫的東西」，才能反映一個創作者的內心，以及他看待世界的方法。這樣的作品才會是有質感、有力道的作品。

童話，正是以各種奇思妙想，來建構一個更有趣的世界，所以，必須親自用心挑揀材料，用自己的建築工法施工，才有特色。如果使用差不多的材料去蓋長相相似的房子，不但自己的創造樂趣大減，讀者的閱讀樂趣也會降低。綜觀此次參選童話，有些不錯的發想，最後卻不免落入陳套，正是沒有好好開發自己要用的材料和工法。

想像、創新、好的發想、好的文字、有自己看世界的角度，這些應該是一篇好的童話應具備的要素，也是我審視這些作品的標準。

吳當（作家）

本次稿件大體來說水準尚稱不錯，合於入選的二十篇作品，大抵有如下幾項特色：

1. 故事具有創意：如〈「字字國」大事記〉、〈驚奇的作文〉、〈蜘蛛詩人〉等都有出人意表的內容。
2. 故事具有想像力：如〈老雪人的舞蹈〉、〈故事遺失了〉等。
3. 故事具有溫馨的情意：如〈幸福麵包店開張囉！〉、〈蝙蝠阿玉〉等。
4. 故事具有啟示性：如〈沖天泡的笑聲〉寫環保問題、〈你最特別〉寫肯定自我。
5. 故事具有趣味感：如〈恐龍CC〉、〈小河馬胖胖減肥記〉等。

洪志明（作家）

整體而言，本次台東大學兒童文學獎徵選的童話作品，都有相當的水準，特別的是作者的取材都很新穎。

有的作者以「罕用字」的痛苦，作為題材；也有的作者，以不想忍受「脫皮」痛苦的蛇做題材，想法千奇百怪，讀來十分有趣。

童話的想像趣味更是十分充足，吹牛跑出牛、吃冰消火氣、吃不完的零食換別人的笑臉、用超級大電扇吸取天上污染的黑雲……，每一個想像都非常新鮮，令人莞爾。

有些作品的取材、想像、文字都沒有問題，如果多一點剪裁的工夫，寫好作品後，多讀幾遍，去蕪存菁，讓焦點集中於有趣的想像和感人的情節，那麼作品就會更加完美，「詩經千改始心安」，童話當然也需一修再修。

陳玉金（雄獅美術編輯）

此次參加徵文作品共有一〇九篇，可歸納出幾項特色：

1. 作品中以第三人稱全知觀點寫作佔一〇四篇，僅五篇以第一人稱寫作。

2. 故事場景仍以傳統童話故事中發生的森林和莊園為主要發生地，其他有城市、海洋、小島、外太空或想像國等。

3. 情節鋪陳普遍不夠創新和趣味，遇到故事怪誕無法自圓其說時，多數仍以夢境一場，做為從真實跨入想像及回歸的解決手法。

4. 和時事有關的議題也出現在此次徵文中。有直接以近來流行的病毒為名，或獻給美伊戰爭中受傷的兒童；戰爭和病毒直接入題。也有和現代人的文明病有關的減肥及環保等議題。

5. 許多文字風格不論敘述及對白受電視連續劇和漫畫影響頗深，

讀後像在看一部通俗八點檔連續劇。

6.入選的二十篇作品則創意與趣味略勝一籌，情節鋪陳亦較引人入勝。

陳昇群（作家）

一〇九篇應該是總投稿量，作品良窳不齊，也許是個人主觀想法，仍有太多老童話的影子存在其中，不脫魔法、夢、王子與公主的情愛、冒險……。另外，取材仍有所侷限，有不少作品沾惹了前人的影子，雖然有擺脫力道，但總是被牽扯住了。其實只要換個筆法，加點想像即使人物依舊，事件似曾相識，仍是煥然一新的現代童話。

也有不少作品能讓人讀了回味再三，似乎，作品都懂得醞釀後勁，讓結局出乎讀者意料；也明白曲折情節的線條，讓故事峰迴路轉，但以一個讀者的閱讀心情，似乎在汲飲超想像情節的同時，也很在乎作者遣辭用句的功夫；這是在比較大量作品時，所產生一種極為奇妙的感覺，一篇好的童話，必須具備靈動的文字技巧。

擬人、轉化的寫法也是閱讀時引人驚喜的必要焦點，像〈對話者〉的海豚鯁住了風的喉嚨；〈蜘蛛詩人〉裡被白蟻濃縮的康熙字典；〈沖天炮的笑聲〉中的木麻黃、海茄苳、濕地……，都是脫離固著的原意，轉化成全新意象的妙筆！這或可應該成為一篇好童話的的新要素才行。

鄭淑華（國語日報編輯）

我評選的一些原則及感想：

1.是否符合參賽規則，如字數是否在規範內、是否合乎童話體例等。

2.語文敘述是否流暢，讓孩子可以理解，並願意進入閱讀。

3.故事情節和表現，是否有趣吸引人閱讀下去；是否合乎童話的合理性，令人願意進入作者塑造的幻想世界。

4.題材是否具新意。

許多作品都還停留在模仿階段，隱約可以發現某些影子，但如果無法經營出自我的面目，就無法稱為創作。一篇似曾相識的作品是很難引人閱讀。

童話的幻想是須合乎「童話邏輯」的。若只是一廂情願地加入許多天馬行空的幻想情節，而缺乏「童話邏輯」統整，是沒有說服力的，也令人難以進入其幻想世界。

首獎

蜘蛛詩人

廖雅蘋

得獎感言

如果這篇故事能讓看過的小朋友大笑三聲，我想，它的目的已經達到；如果小朋友們還能在看完之後，自動的去看詩、讀詩、寫詩，這是我求之不得的另一項收穫了！

阿怪是紅紅森林赫赫有名的黑蜘蛛。他的織網技術高超，織出來的網又綿密又堅固，每天早上清點獵物時總不會撲空，因此博得了「蜘蛛殺手」的外號。

不過，今天早上他去清點獵物時，卻發現了一個怪東西。

「黑黑的、方塊形狀的、不太重……到底是什麼呢？」阿怪仔細的端詳好一會，確定無害後，終於將它放進嘴巴裡咬。

也沒什麼特別的味道，淡淡的、沙沙的，阿怪嚼了一會後，終於把那一角吐掉，卻發現八隻手腳已沾滿了黑墨。

「嘿！這個是什麼呀？該不會是字吧？」

字，阿怪認得。他跟博學的蜘蛛精讀過一些書，認識一些字，不過，字不是都在書上的嗎？怎麼會掉到他的網上來？

一隻小鳥飛來，停在阿怪網旁的樹枝上。

小鳥從樹上往下看，亮晶晶的網馬上攫住了他的視線：「喲！這張蜘蛛網上怎麼黏著一句詩？大概是人類揉掉報紙時不小心掉出來的，瞧！黑墨還這麼濃！不小心呀！真是不小心！……」

阿怪才想要問問看這是什麼樣的詩，小鳥就展翅飛走了。他依稀聽得第一字是：「但……」「但什麼呢？」阿怪又好好的，仔細的把那一句詩瞧了個夠，一個早上過去，他還是瞧不出什麼名堂，沒辦法，阿怪認識的字不太多。

「算了！不再為這事傷腦筋了！整個早上都還沒吃東西呢？」阿怪想要把這句詩丟掉，忽又想起蜘蛛精曾經告誡他：「每一個字都要愛惜，它是人類智慧的結晶啊！」

阿怪的手又縮回來，他將五個字整齊的排放在網的邊緣，「嘿嘿！當裝飾品也不賴！」這才好整以暇的去享用他的蒼蠅大餐。

隔天一大早，阿怪發現又網到一句詩。

「奇怪了，難不成有人在惡作劇？」不過，阿怪想破腦袋也想不出誰會開這麼高級的玩笑。「算了！我能網到這兩句詩也算奇事一件，別的蜘蛛可沒有這這麼好的運氣呀！」他把這句詩又排放在蛛網的邊緣，幸好他的網夠大，這些詩並不佔空間。

當阿怪第三天又網到一句詩時，簡直轟動了整個紅紅森林。不僅是蜘蛛們，連螞蟻、螳螂、青蛙都來湊熱鬧了，大家近的看，遠的看，就是好奇的想摸摸這些字一把。

阿怪可神氣了，坐在蛛網的中間，指揮東指揮西，偏偏不準大伙兒亂摸一氣。

「萬一你把黑墨都沾光，字弄糊掉了，怎麼辦？」

「請問，這幾句詩怎麼唸？什麼意思啊？」

這個問題當場把阿怪問傻了，他也不知道呀！他支吾著，哼哼哈哈，被眾人的眼神逼不過時，終於迸出一句：「詩就是詩嘛！」

大家唔了一聲，終於知道阿怪也跟他們一樣：一句詩都不懂！崇拜的眼光馬上潰散，群眾也慢慢的散開了。阿怪急得跳腳：「別走哇！如果有人認得這幾句詩的，我一定重金酬謝，別別別，別走嘛！」

隔天，阿怪就沒有再網到任何一句詩了。

阿怪很珍重這三句詩，可是賞金的話都說出口了，也沒見一隻蟑螂螞蟻來，他喪氣的想著：「今生大概無緣認識這三句詩了！」

事情說巧不巧。

一隻蚊子居然自投羅網往阿怪的網上撞，阿怪只是冷眼的看著他掙扎個兩三秒，就舉著利刃要去收割了。

「蜘蛛先生求求你饒了我吧！我是第一次行經這裡，誤打誤撞衝進你的家門來，原諒我的無知吧！」

阿怪眼裡閃著冷光，八隻手腳俐落的高舉，一付箭在弦上的姿態，突然蚊子大喊一聲：「詩！詩！這裡怎麼有句詩？」

「你認得？」

「我不僅認得，我還會接下一句呢！」

阿怪懷疑的指指第一句詩，蚊子滔滔不絕的唸將起來：

「『但願人長久』，下一句是『千里共嬋娟』」。

第二句詩：「『我達達的馬蹄是美麗的錯誤』，下一句是『我不是歸人，我是過客』！」

第三句詩，蚊子就面有難色了，「對不起，這句詩我不認識！」

「還不錯！起碼會了二句，告訴我你是怎麼學會這些詩的。」

「我就住在不遠處那戶人家家裡，我的主人是個學問淵博的讀書人，我每天待在書房裡和他同吃同住同睡，一起讀書一起看書一起背書，無形中，字就識得了，詩就會背了，大概是我的天份也不錯吧！」

蚊子自負的聳聳肩。

「那這句詩為什麼不會？」

「我又不是天才，我畢竟是隻蚊子啊！蚊子也有蚊子的極限，總比有些人一句詩都不識得好吧！」

蚊子本來說得很大聲，不過看到蜘蛛的利刃聲音又漸漸小了下來。

阿怪沉思了好一會，「好了，你可以走了！」

「真的嗎？」蚊子喜出望外。

「我曾經說過誰識得這幾句詩我一定重金酬謝，雖然你只識得兩句，不過總比別人強，你走吧！我不吃認得詩句的昆蟲。」

蚊子趕緊掙脫手腳上的絲線，再不趕快走，他真怕這隻怪怪的蜘蛛突然變卦。

果然，他才起身飛不到二公尺遠，阿怪又把它叫回來。

「你不是說不吃認得詩句的昆蟲嗎？怎麼又反悔了？」蚊子哭喪著臉。

「不是啦！」阿怪反而有些不好意思，「你知道，呃……有誰可能識得這第三句詩？我——我想請他教教我！」

「原來是這回事啊！」蚊子只是眼睛轉了一圈就露出個得意的笑容，「走吧！我帶你去見一個學問很多很多的老教授，他的學問多到準會把你嚇一跳！」

白蟻住在這座書房已經有好幾年了，從他那肥胖的身軀、斑白的頭髮來判斷，果然是個學富五車的大學者。

阿怪打開織錦背袋，小心翼翼的呈上這句詩，白蟻先生不過瞄了一眼就吟出來了：「『生時麗似夏花，』下一句是『死時壯似秋葉』，作者是印度詩人泰戈爾先生，生於一八六一年，死於一九四一年……」

「好了，好了！」蚊子趕緊出來打岔，他深知他的朋友有個怪毛病，只要起個頭，就會從到尾把一篇文章或一本書唸完，不達最後一個句號決不停止。

這是個很可怕的怪癖。

終於解開謎題了，阿怪很高興。

不過他又有疑惑了，「這到底是什麼意思呢？」

「意思啊！我也不太懂！」白蟻先生慢條斯理的說。

「你不是學問很豐富，怎麼會不懂？」

「我是吃了很多書沒錯！總計線裝書三十四本，新書五十六本，畫冊三本，相本五本……不過我是吃到肚子裡，不是吃到腦子裡，所以，如果你要我解釋啦！分析啦！評論啦！我就沒辦法了，畢竟我是一隻蟲嘛！」

阿怪失望的表情溢於言表。

白蟻先生大概覺得這番話有負於他「大學者」的虛名了，忍不住又說：「如果你硬要瞭解它的意思的話……好吧！我找找看！」

他的六隻手腳在肚子上忙碌的移動起來，當他摸到屁股邊時，臉上突然現出笑容：「有了，找到了！這句詩的解釋是『有生之時，要讓生命激盪出火花，像夏天的花朵那麼絢麗；生命的終了，則要壯闊得像一大片的秋葉，選擇不凡的姿態離開！』這是選自《泰戈爾詩集》的翻譯，作者是一凡大師；最好出版社，五十四年出版的作品……」

另二首的解釋是……

阿怪終於可以很得意的向人炫耀這三句詩了。

他說聽一次詩的內容要十塊錢，蛛網前面排了長長的隊伍，有人還來了兩三次，盛況真是空前啊！

不過，三個月後，阿怪倒是膩了，每天講解詩的內容多乏味！他將詩句收到纖綿背包裡，拒絕再展示。

雨後的黃昏，阿怪獨自在森林裡散步。他毫無目標的行走著，自從不講詩後，阿怪老覺心裡怪怪的，好像空空的，裝什麼都裝不滿，為什麼會有這樣的感覺呢？他不敢向別人說。

就在阿怪怔忡茫然之際，一朵碩大的向日葵突然掉下來，差點打到他，阿怪先是嚇一大跳，定神後，一句詩脫口而出：「生時麗似夏花；死時壯如秋葉！」這句詩吟得真是恰當！他忍不住將詩的解釋又背一遍：有生之時，要讓生命激盪出絢麗的火花，像夏天的花朵那麼燦爛……生命……火花……燦爛……阿怪呆呆的吟了一遍又一遍，突然他大叫一聲：「我知道我的人生目標在那裡了！」

阿怪第二度去拜訪白蟻先生時，他剛啃完一整套的福爾摩斯全集。他滿足的摸摸肚皮，「這一餐吃得真飽，足足吃了三個月，我再也吃不下任何東西了！」

阿怪知道白蟻先生根本騙人，明天，只要他相中了哪一套書，又會馬不停蹄的吃下去。

「白蟻先生，這次我想來請你教我如何作詩！」

「作詩？」

「你怎麼會有這麼奇怪的想法？」

「因為我突然發現詩對我很重要……是這裡很重要啦……」阿怪指了指心臟的部位，「沒有詩，我突然覺得很空虛，既然這三句詩已經不能滿足我，我只好自己來作詩了！」

「嗯……」白蟻先生大概沒見過這麼怪的蜘蛛，他仔仔細細的將阿怪從上到下審視一遍：「好吧！年青人，既然你這麼有心，我當然也不能辜負你的期望；不過，一樣，我只能蒐尋出跟作詩有關的書唸給你聽，其他一切只能靠你自己了。」

阿怪點點頭。

白蟻先生六隻手腳又開始在肚子游移，當他摸到肚臍邊時，他笑著說：「有了！」

「五言絕句首重押韻，次重平仄；押韻時二、四句一定要押，第三句可押可不押；平仄則要相對，『平平平仄仄』對上『仄仄仄平平』……」

阿怪急急忙忙喊停，這本書太深了，他完全聽不懂。

作詩果然難！

白蟻先生又換了一本書：「西洋詩則重音節……」

阿怪又喊停，不行啊！他連西洋詩是什麼都不知道。

白蟻先生再換一本書：「小朋友，作詩最重要的就是把你的感覺寫出來，什麼樣的感覺都可以，只要真誠的將它寫出來，再加以修飾，就能成為一首好詩……」

這次阿怪終於聽得懂了。他擦了擦汗溼的額頭，朝白蟻先生點點頭。

當白蟻先生痛快的將這本書唸完時，太陽都下山了。

阿怪覺得收穫好豐富，他終於知道如何作詩了，作詩時，詩要分行，要押韻，最重要的是還要有自己的感受。

他迫不及待的想回到自己的家開始練習學作詩。

白蟻先生倒是把他叫住了。他朝喉嚨裡摳啊摳，摳出一顆小黑丸，要阿怪吃下去。

「這是我送給你的禮物，不要小看它喲，它是康熙大字典全冊，經我消化吸收後，只剩這麼一小丸。只要吃了它，任何一個字你都認得，我想這對作詩一定有幫助。」

「天啊！這幫助簡直太大了！」阿怪高興得嘴巴都合不起來。

「你是個有頭腦有思想的人，只會吃書，沒有用；要會用書，才厲害！回去吧，好好練習作詩，希望不久後，我能吃到你的詩集，不不不，看到你的詩集……」

阿怪發表第一首新詩時，簡直轟動了全森林。

許多小昆蟲小動物聚集在他的蛛網前，議論紛紛。

蜘蛛同類們全部持反對的態度，他們認為這太古怪了，「寫詩，能餵得飽肚皮嗎？」

小昆蟲們則持不同的看法：「寫詩是一種高尚的心靈活動，蜘蛛會寫詩，代表著所有的昆蟲並不只會吃喝拉撒睡，昆蟲文化也是值得被期待的。」

其實他們贊成的另一個原因是：阿怪不吃識得詩句的昆蟲，他們可以活命的機會越來越多。

不管如何，大家都心焦的在等待阿怪的第一首詩。

一張超大的蛛網在七里香樹籬下站起來了。說它是「網站」一點也不為過，直立的網才能讓大家看得更清楚嘛！

阿怪終於現身，他朝大家神祕的笑一笑，馬上將它的詩貼在網站上。

我要

白雲像棉花，

月亮像香蕉，

我站在樹枝上，

想要高空彈跳！

這是什麼詩嘛？

阿怪的詩果然得到了很大的迴響。

「香蕉也能入詩？我還月亮像檸檬咧！」

「白雲像棉花？我覺得應該像床單！」

「蜘蛛竟然想要高空彈跳？瘋了，真是瘋了！」

也有人說：「這就叫做『作詩』啊？我也會！」

「押韻？哦！原來『蕉』和『跳』這就叫做押韻！」

阿怪站在蛛網旁，耐心的聆聽大家的指教。當他聽見別人的讚美時，他就忍不住微笑；當他聽見別人不好的批評時也不由得一陣心焦；不管如何，他一直謹記著白蟻給他唸得那本「童詩旅遊指南」最後一章：「寫詩不要怕批評。別人的批評才是自己進步的來源，只要努力的寫，認真的寫，寫出自己的真正感覺，你就能創造出屬於你自己風格的詩來。」

雖然評價有好有壞，阿怪的詩反應還真是熱烈。

每週一次的新詩發表會已經成為全森林最期待的大事，甚至別的森林也有人千里迢迢前來觀摩。

阿怪眼見一個網站不夠，又一口氣設了好幾個網站，分別命名為：奇摩網站、天堂網站、蕃薯藤網站、露珠網站……；他還應觀眾要求，利用枯枝枯葉和他的絲線製作出很多方塊字，好讓有心有發表批評的人也能上網留言。

一年過去，紅紅森林一直籠罩在濃濃的「詩」意中。

阿怪的詩有沒有進步？且讓我們進入他的一個網站看看就知道了。

「奇摩」網站今日的標題是：快樂

快樂

快樂像一隻小蟲

在我心頭不斷搔癢

我必須又笑又叫又跳

才能速速將它趕跑！

蜜蜂小黃的留言是：「好棒哦！我的感覺也一樣呢！」

螳螂阿青的留言是：「應該將『心頭』換為『身體』比較好！」

青蛙胖胖的留言是：「如果下次那隻蟲子又來，告訴我，我一口氣吃了它！」

什麼？

你還是覺得阿怪的詩還是太幼稚？噓——小聲點，阿怪聽到可是會不服氣的找你比賽作詩哦！

你——敢——接——受——挑——戰——嗎？

第二名

阿溜不想換新衣

陳景聰

得獎感言

感謝兒童文學研究所！因為走進這塊樂園，我才領略到兒童文學的美妙；感謝兒文所的老師！是他們開拓了我創作的視野；感謝筆硯相親的兒文所同好！是他們提供了我創作的動力。感謝童話！是它帶給我閱讀和創作的樂趣。

和煦的晨光中，微風輕柔地抖動葉尖上的露珠，編織陽光的衣裳，把溜溜山妝點成一座閃閃發亮的樹海。鳥兒們早早醒來，在枝頭跳躍，歌頌這美好的一天。

對大蛇阿溜來說，今天卻是受苦受難的一天，因為又到了「換新衣」的日子。

「痛死我了！快蛻下來呀！」阿溜皺巴著臉，嘴裡咕噥著，緩緩擠過細密扎人的荊棘叢，讓身體一點一點脫離那一張被荊棘鉤住的舊皮。牠們蛇族每增加一歲，就得換一張新皮。

雖然阿溜活了一大把年紀，蛻下的皮足足可以圍成一道籬笆了，但還是得一絲一毫地忍受那種「把自己剝皮」的痛苦。蛻皮，真叫牠怕死了！

「為什麼當蛇就得一次又一次的把自己剝皮？我不想再當蛇了！」阿溜呼出一口大氣，丟下剛蛻下的皮，往山頂溜去。牠決定要去求山神幫牠想個方法，讓牠變成一條不必蛻皮的蛇。

阿溜根據祖先流傳下來的指示，爬上雲霧繚繞的山頂，果然看到一座山洞。牠朝著黑漆漆的山洞大聲喊：「救命呀！山神救救我呀！」

阿溜剛閉口，整座山頂突然微微晃動起來，接著黑漆漆的山洞竟然一張一闔的說起話來：「你不是大蛇阿溜嗎？為什麼好端端的，卻要我救你？」

阿溜作夢也想不到山神竟會是這副模樣，而且說話的聲音像打雷。牠先是楞一下，接著才將來意說給山神聽，請山神幫牠想個辦法。

「脫下舊衣換上新衣，代表你又長一歲了，很好呀！當一條蛇卻不想換新衣，是不可能的，除非——是一條死蛇。」

「不不！我可不想死！」阿溜被山神的話嚇得直搖頭，連連後退。

「嗯——那只剩一個方法，就是——不要當蛇。」

「好！好！只要讓我不必再換新衣，讓我當什麼我都願意！」

「好吧！我就在你身上施一種法力，從此以後，你想要變成哪一種東西，只要將它吞到肚子裡去，立刻就會變成它的外型。記住！是吞下什麼就變什麼喔！我只能幫你這一次，要是後悔了，就快來找我解除法力。」

阿溜按照山神的指示，溜到山洞口，感覺山洞裡吹出一股暖暖的風，吹得牠渾身暖洋洋，不知不覺的就睡著了。等牠一覺醒來，眼前的山洞竟然封閉起來了，任牠怎麼呼喚都不打開。他知道山神已經在牠身上施過法了，說了聲謝謝就朝山下溜去。

阿溜回到自己的蛇洞，開始盤算著自己不當蛇的話，應該變成什麼比較好？

「變成小鳥好了，可以在天上飛。」阿溜說著，一轉念又想：「不好！當小鳥只能吃噁心的蟲子和沒味道的果子。」

「當老虎好了，樣子多威風呀！」阿溜才剛打定主意，卻又操心起來：「聽說獵人最愛老虎漂亮的皮毛，老虎被剝了皮準沒命，這一

點牠可比不上我！」

阿溜反反覆覆思索了好幾天，始終無法下定決心。最後牠決定要先到外頭的世界去瞧一瞧，到時候再來決定讓自己變成什麼。

阿溜剛溜出蛇洞，大老遠的就看到一位老公公爬上半山腰，把手杖往樹幹一靠，轉身去作早操。阿溜來到樹下，盯著那根手杖，上上下下地直瞧。

「這根手杖和我長得真像，不過，它不用蛻皮，這一點倒是比我強！」阿溜說著就張口緩緩吞下手杖。

老公公運動完畢，拿起手杖阿溜就走，卻沒發現手杖上的木紋已經變成蛇紋了。老公公用手杖拄著地，緩步走到山下，忽然一名彪形大漢從樹叢裡竄出來，攔住他。

「留下買路財！」

歹徒惡狠狠，老公公也不甘示弱，舉起手杖就打過去。歹徒伸出左手緊緊抓住老公公的手杖，右手拿刀正要刺他，手杖阿溜突然扭曲變形，回頭朝他的手臂咬下去，嚇得他丟下刀子就逃跑。

眼花的老公公以為自己把歹徒打跑了，洋洋得意的吹著口哨，像阿兵哥表演操槍術一般地耍弄著手杖，昂頭挺胸的走回家。手杖阿溜一下子繞圈，一下子擺盪，弄得暈頭轉向，一不留心身體就脫離了手杖，被甩了出去，掉落在路邊一家鞋店的門口。

阿溜昏頭昏腦地滑進鞋店，猛然看見玻璃櫥窗當中有兩位同伴，立刻興沖沖地鑽進去跟他們打招呼，對方卻沒有絲毫的反應，牠這才發現它們只是兩隻花色跟自己相似的高跟鞋。

「我試試當一隻高跟鞋好了，至少不必受蛻皮的罪吧！」阿溜說著就張口吞嚥，讓自己變成一隻高跟鞋。牠在櫥窗中待了三天，正感到無聊時，就被一位漂亮的小姐買走了。

「叩！叩！叩！」漂亮小姐穿著高跟鞋阿溜，去到哪兒，哪兒就響起一片讚美聲，讓阿溜也覺得好神氣！

有一天，漂亮小姐去參加一個舞會。正當大家都沈醉在輕柔的舞曲當中時，忽地傳出一聲淒厲的尖叫：「哇——老鼠！」

女士們全都花容失色，好像老鼠要來吃人一樣。那一隻大老鼠在人群中間鑽過來，鑽過去，男士們的腳像一陣急雨跺著地板，想要把老鼠踩扁，卻全落了空。

漂亮小姐嚇得全身發軟，不斷尖叫，腳下的高跟鞋猛然一滑，令她不由自主地做出劈腿的動作，一下就將黑鬼鬼的大老鼠踩個正著。

「哇——」驚嘆聲像撒開的漁網籠罩全場。大家都摒住氣息等待著漂亮小姐站起來，要送給她爆炸性的掌聲，卻發現她連動也不動。原來她早就嚇暈過去了。

漂亮小姐醒來後，一看見右腳的高跟鞋鞋尖像張開的蛇嘴巴，牢牢地咬住一隻黑不溜秋的大老鼠，又嚇暈了過去。朋友們只好摘下她的高跟鞋，扔到垃圾堆去。

「欸！想不到我都變成高跟鞋了，還是抵擋不住老鼠的誘惑。」高跟鞋阿溜先吐出嘴裡牢牢咬住的老鼠，再吐出高跟鞋，恢復了蛇的模樣。

「我抓老鼠的動作這樣俐落，不當一條專吃老鼠的蛇，還真可惜！」阿溜猛嚥著口水，眼光直溜溜地盯著那隻美味的老鼠，感覺肚子好餓，卻又不敢把老鼠吞下肚子，因為牠可不願意讓自己變成一隻老鼠，成了別的蛇的點心。

牠抬頭東張西望，看見垃圾堆旁邊放著一堆竹掃把。「也許當一支竹掃把比當一條蛇強多了，我得試試！」阿溜心裡想著，就挑一支最大的，張口將它吞下去。

夜晚，清潔隊員來拿掃把去打掃街道，大家都掃得很起勁，獨獨拿掃把阿溜的高個兒不掃地，卻將掃把舉得半天高。

「真會偷懶！」阿溜心裡嘀咕著。「不掃掃地，我哪能算一支竹掃把呢！」

高個兒一臉無奈。今晚可是那個大近視巫婆要來搶劫掃把的日子，他好擔心這回又被那個沒飛行準頭的眼鏡巫婆撞了個狗吃屎，更擔心眼鏡巫婆又哭哭啼啼的拜託自己要配合她，將搶劫掃把的動作一再地重演，害他今晚又沒得睡覺。

「嘻！嘻！嘻！偉大的眼鏡巫婆來囉！」一陣陣尖銳刺耳的笑聲自天邊傳過來，越來越近。

高個子將掃把阿溜舉得更高了，阿溜感覺他顫抖得十分厲害。

「噗！」的一聲，掃把阿溜被天上飛來的黑影撞倒在地，險些斷成好幾截。

「真氣人！我得再配一副新的眼鏡，換一支新的掃把！」眼鏡巫婆拍拍身上的灰塵站起來，突然眼睛一亮：「哇！這不就是我連作夢都想著的豪華大掃把嗎？」

眼鏡巫婆雙手握住掃把阿溜，將綁在身上的安全帶穩穩扣住木柄，雙腳跨上去就跑起來。她從街頭跑到街尾，跑得氣喘吁吁，渾身是汗，終於唸對了咒語，飛上天去。

阿溜頭一次在天上飛，感覺既新鮮又刺激。「哈哈！還是當掃把比較好，尤其是巫婆的掃把！」這一喊叫，卻把眼鏡巫婆嚇得倒栽下來。幸好安全帶在掃把上扣得緊緊，要不然掉到地上準會摔成一張肉餅。

眼鏡巫婆像一隻落水的貓，拼著最後一口氣跨上掃把，問掃把阿溜：「你是一支掃把，掃把只會聽我指揮，怎麼能講話？」

「我本來是一條蛇，不是掃把。咦！你怎麼聽得懂蛇的語言？」

「我是巫婆，巫婆聽得懂任何的語言。」眼鏡巫婆用懷疑的眼光將掃把阿溜從上打量到下，「你明明是一支掃把，我不准你說話，這樣會把我的膽子嚇破了！」

「不行！我要當掃把，也要說話，不然把話悶在心裡頭，遲早會憋死！」

「住嘴！你既然是我搶來的東西，我就是你的主人。我要你往東，你就不能往西！」眼鏡巫婆火大了，雙手將掃把阿溜掐得緊緊，好像要把牠弄死一般。「聽到沒？你不是蛇！也不是掃把！你永遠只能當我的啞巴僕人！」

「我不是你的僕人！我阿溜要當自己的主人！」阿溜感覺自己受到侮辱，忍不住和眼鏡巫婆爭吵起來，越吵越厲害。

眼鏡巫婆氣得如同一個灌了太多氣的球，一時憋不住，放出一個好臭的響屁。

「哇！臭死了！」阿溜連忙吐出一口大氣，連帶的將整支掃把也給吐了出去。

等眼鏡巫婆發覺自己雙手握的是滑溜溜的蛇尾巴，屁股坐的是軟綿綿的蛇肚子，心頭猛然一驚，飛行的法力頓時消失了。這一瞬間，一人一蛇急急往下墜，不偏不倚的卡在高高的樹梢。

「不跟你玩了！我要回溜溜山去了，拜拜！」阿溜邊說邊沿著樹幹往下滑。

「別走！你是我的僕人，要救我下去才行！」眼鏡巫婆把一根樹枝抱得緊緊，不住地發抖。她不敢往下看，閉著眼睛朝阿溜吼：「丟下我你會後悔的！我會去找你報仇！我要把你醃成蛇棒、做成蛇餅、磨成蛇粉……」

太陽剛在山上探出臉來，大蛇阿溜就把自己斜掛在岩石上曬太陽。牠的肚子已經餓癟了，可是山神在牠身上施的法力還在，所以牠始終不敢去捉老鼠填飽肚子。

阿溜還是不想當一條蛇，但是經過幾次變形的失敗之後，牠也懶得再去嘗試了，眼前只能哀聲嘆氣的計算著下一回蛻皮的日子。

這時候，眼鏡巫婆正帶著捕蛇人，躡手躡腳的靠過來。

阿溜還不知道發生了什麼事，就被捕蛇人抓進蛇籠子裡頭。

「哈哈哈！大笨蛇終於落入我的手中了！」眼鏡巫婆對捕蛇人說：「快幫我訓練牠，要是牠當不成我的寵物，我就要把牠醃成一支晾衣服的竿子。」

阿溜被帶到眼鏡巫婆住的山洞，捕蛇人將牠從籠子裡放出來，便開始訓練牠。阿溜想逃走，但是捕蛇人手上那一支捕蛇叉實在太厲害了，讓牠毫無反抗的能力，只好暫時放棄逃走的念頭，蜷縮成一團，不理會捕蛇人的任何動作。捕蛇人用鞭子抽牠、用水淹牠、用火燒牠，牠都不在乎。可是當捕蛇人準備剝下牠的皮時，牠只得乖乖屈服了。

幾天下來，阿溜學會像貓一樣，裝出一副柔順的模樣，盤坐在眼鏡巫婆的肩頭或掃把柄上，還得不時的伸長舌頭，舔一舔眼鏡巫婆那枯枝般的手、龜甲似的臉，和住滿了虱子的頭髮。牠想起從前自由自在的生活，如今卻落得這般下場，真是悔不當初！

阿溜通過了一項接著一項的考驗，最後一項訓練是要牠藏匿在眼鏡巫婆的長統靴裡頭，牠便趁著捕蛇人不注意的時候，偷偷地將長統靴吞嚥下去，等眼鏡巫婆一穿上長統靴，牠就狠狠地咬住眼鏡巫婆的腿。

「哇！這靴子怎麼越穿越緊？唉呀！痛死了，靴子會咬人，快幫我把它脫下來！」

他們兩人壓根兒不知道是阿溜在作怪，卯足了勁，用盡方法，幾乎要把眼鏡巫婆的腿扯斷了，長統靴仍舊生了根似地，牢牢套在眼鏡巫婆的腿上。最後，捕蛇人只得背起眼鏡巫婆，準備上醫院去開刀。長統靴阿溜趕緊抓住機會，拉長身子，一併將捕蛇人捆得死死。

「唉呀！原來是那隻大笨蛇在作怪！」等眼鏡巫婆發現真相時，已經太遲了，牠和捕蛇人早就像一座連體塑像脫離不開。

他們在那兒僵持不下，直到三個都餓得發昏，渴得要命。

「饒了我吧！我用我的眼鏡發誓，我從此不敢再去搶劫掃把了！」眼鏡巫婆先投降。

「蛇大爺，求求你放我走！我用我的捕蛇叉發誓，我從今以後不敢再碰蛇了！」

阿溜吐出長統靴，趕緊滑出山洞喘幾口大氣。「呼！好重的臭魚腥味！簡直快把我給燻死了！」

「我也用我的蛇皮發誓，從今以後我只要當一條會按時換新衣的蛇，就心滿意足了。」阿溜回頭朝山洞喊，說完就匆匆地溜走。牠已經餓過頭了，得趕緊回去溜溜山請山神消除牠身上的變形法力，然後去吃一頓老鼠大餐，不然真的要變成一條永遠不必換新衣的死蛇了。

阿溜回到溜溜山，忍著飢餓往山頂上爬，一路抱怨著：「變過來變過去，到頭來還是變回原來的自己，早知道就不用去求山神……」一顆從山上滾下來的種子就在這時掉進了阿溜的嘴巴。「慘了！」才剛說完，阿溜馬上變成一顆圓滾滾的大種子，朝山坡下滾去。「完了！完了！」大種子阿溜碰上幾塊岩石，撞歪了幾棵樹，終於失去知覺，滾進山下的泥塘裡。

等阿溜清醒過來，想要把肚子裡的種子吐出來時，卻發覺自己早就生根發芽，長成一株枝繁葉茂的大榕樹，再也無法恢復原狀了。

每天都有小孩子爬到榕樹上乘涼、玩耍，老爺爺們在樹下下棋、泡茶，鳥兒們停在樹枝上唱歌、聊天。阿溜漸漸適應這樣的生活了。

山神覺得很奇怪：都過這麼久了，為什麼大蛇阿溜還沒來找他呢？他擔心阿溜會出事，就變成一隻鳥，飛下山去找阿溜，一下山突然「咚」的一聲，撞上了一棵大樹。

「好……好痛呀！誰呀？這麼沒良心！」榕樹阿溜罵道。

「噢！好疼！才一陣子沒下山，怎麼這兒就冒出一棵大榕樹？咦——這不是阿溜的聲音嗎？我正要下山找你呢！」

阿溜把自己幾次變形的經過告訴山神。

「讓我幫你變回原狀吧！」山神說。

阿溜正想要答應，心中倏地閃過一種念頭：「我為什麼要變回來呢？現在有孩子的笑聲陪伴，有老人家為我講故事，有鳥兒唱歌給我聽，像這樣快活的日子上哪兒去找？我就當一棵有用的『蛇木』吧！」

幾百年過去了。如今阿溜已經變成一棵老榕樹，人們在它的樹幹披上紅緞帶，尊稱它是「榕樹公」，天天都有信徒帶著香燭、水果來奉獻，還經常在樹下搭戲棚子，演戲給「榕樹公」觀賞。每當好戲上演時，連山神都忍不住變成一隻鳥兒，飛來當觀眾哩！

第三名

沖天泡的笑聲

黃寶璊

得獎感言

初次將環境保育的重要性寫成童話故事，就備受肯定，心中很喜悅。謝謝周昌弘校長用心的教導永續發展課程，激起了我們對環境保護的使命感，謝謝幼保系全體老師們，更感謝所有的評審，今後會更努力的寫童話故事，來和小朋友們一起分享。

海底的深處，有一個海嘯王國，裏面住著大大小小的海嘯。別看他們平常沈默寡言，安安靜靜的躺在海底下睡覺，他們的脾氣可壞的很，一旦發起威來，鬼哭神號，驚天動地，震撼方圓百里，因此所有的魚蝦都不敢靠近他們。

在海嘯王國裏，每一個海嘯都必需出任務的。他們的工作就是去襲擊各處近海的村落，來擴展海水的土地。而他們的身份和地位也是看他們淹沒了多少的村落而定。

海嘯奔雷有三個孩子，老大叫做巨無霸，身體十分龐大；老二叫做大力士，力氣非常大；老三叫做沖天泡，長的很高大，一躍可以跳幾十公尺呢。說起這三個孩子，奔雷爸爸的嘴巴就笑的合不起來，因為在海嘯王國中，就屬巨無霸長的最魁壯，大力士力氣最大，沖天泡長的最高了，況且他們三個威力十足，曾經淹沒了沿海十六個村落，戰績相當輝煌，受到大家的重視，所以在海嘯王國裏，大家都得敬畏他們三分。

這一天，巨無霸接到「突襲馬來村」的任務。巨無霸伸伸懶腰說：「太好了，好久沒活動筋骨了，我的骨頭都快生鏽了，今晚一定得好好發威一下，狠狠的修理馬來村，好讓我的豐功偉業簿又記上一筆。」

只是大家怎樣也沒想到，巨無霸自從出門後，就沒有回來了。

輪到大力士突襲馬來村了。他想著：「以他所到之處，不是房屋倒了，就是道路沖毀，馬來村有什麼可怕的？只不過是個小小的村子罷了，只要我一吼，那兒的居民一定會嚇死的。」

然而，天未亮，大力士卻身受重傷的逃回到家裏，掙扎了一會，就化為一灘海水，消失不見了。

接下來，只得派出沖天泡了。傍晚時分，沖天泡悄悄的潛伏在馬來村的外海，準備利用夜晚來完成他的任務——淹沒馬來村。他閉目想著：「為什麼一個小小的村落，大哥巨無霸、二哥大力士都慘遭失敗？」他決定利用深夜時突襲村落，讓睡夢中的人們措手不及，連逃生的機會都沒有。哼！他冷笑了一聲，自己的名號「沖天泡」可不是平白得來的，在海嘯王國中，屬他的戰績最輝煌，曾經淹沒十個村落，死亡的人數難以計算，多少人的家園沉沒在汪洋大海中，成為無家可歸的傷心人，想著自己的豐功偉業，忍不住的狂笑起來。

臨近的魚兒們被一陣陣毛骨悚然的笑聲嚇住了，當他們沿著聲音的方向望去，正好被一雙凶神惡煞的眼睛逮個正著，嚇得渾身發抖，用盡了全身的力量，快速的游開了。

「不好了！不好了！海爺爺，海嘯來了。」小鰻魚晶晶氣喘噓噓的喊著。

海爺爺是所有海茄冬樹中年紀最大的，由於德高望重，大家都稱呼為海爺爺。這時候，已經有很多的魚蝦圍繞在海爺爺的身旁。

「我剛剛還跟他撞個正著，他那凶惡的眼神，彷佛要吞掉我們似的，好可怕。」魚蝦們七嘴八舌的說著。

「我們該怎麼辦呢？」停在樹上的海鳥媽媽憂愁的問著，她的家裏還有四隻幼小的寶寶。

「大家先不要緊張，我們應該事先做好防嘯準備，這樣的話，就能將災害降低到最少。」海爺爺摸著那長長的鬍子說著。

接著，他環視著海面上繼續說：「首先，我們請夜風先生將這個訊息發佈出去，也請大家相互幫忙到安全地帶避難，並告訴馬鞍藤、林投樹、所有的水筆仔、海茄冬們，今晚要特別辛苦小心注意防守，當海嘯來襲時，大家儘量緊緊的抓住泥土，不讓海嘯把泥土沖走。還有幻影濕地，你要特別注意，當海嘯要進入村子時，請你張開嘴巴，大口大口的把水吞到肚子，這樣會減少海嘯的威力。畢竟村子裏的安危是我們大家的責任，保護村子也是我們世世代代不變的任務啊！」海爺爺用他那低沈的聲音說著。

大家分散後，夜風先生拿起他的麥克風在天空中呼呼的廣播著，不到一會兒的光景，所有的鳥兒、魚兒們都一散而去，尋找安全的地帶避難去了。

深夜很快的來臨，夜風先生仍舊勤勞的呼喊著，並且越來越大聲。天空中的星星也害怕的躲起來，再也看不到一點亮光了。

「是時候了。」沖天泡快速的從外海移到岸邊，猛然的將身體拉長數公尺高，沿著出海口朝馬來村撲去，然而卻被一團團綠茸茸的東西纏住，他睜大眼睛低頭一看，原來是地上多如沙子般片片的小葉子，將他緊緊的抓住，不讓他前行，這小東西看來真討厭。於是他加強了力道繼續向前衝去。「哎唷！好痛！」那些小東西們正張著小嘴巴，一口一口的咬著他呢！

他沒空理會這些小葉子，繼續向前奔去，但是沒想到身體卻被彈回來。哇！那是什麼鬼東西呢？原來是一棵棵的小樹大樹擋住了他的去路，他們手牽手、身體緊密的靠在一起，好像牆壁般的橫在大海和村子之間，不讓他通過。於是他再加強威力向前衝去，見到小樹們的身體漸漸的後退，心中正得意，沒想到剎那之間自己竟被彈回大海中。他極度生氣的將自己的身體拉長了數十公尺，使盡全身的力氣，大吼一聲，朝馬來村撲去。

終於通過了層層如同山丘的樹牆，但是他的威力也減弱了不少。眼見馬來村的房子就在不遠處了，他想到待會村子裏的房子就會被沖毀了，以及人們那驚惶失措的神情，令他忍不住大笑起來。於是他振奮精神，使出全身的力氣向前奔去。忽然，他掉入了一處很大的低窪地，他還沒弄清楚狀況，身體卻莫名其妙快速的縮小。原來這塊鬆軟的泥土，彷彿一塊大海綿，將他吸進地裏，他嚇得快速的退回海中，負傷的逃回家中去，雖然僥倖的撿回一條命，但是他必須好好的休養一陣子了。

從此之後，馬來村被海嘯王國列為禁地，再也沒有海嘯敢到馬來村了。

過了一年多，沖天泡再度的回到馬來村的外海，他經過了長時間的休養，身體己經恢復了健康，不過他的威力明顯的減弱，不如從前了。雖然他知道馬來村被列為禁地了，但是他實在很難嚥下去年所遭受的恥辱，所以他決定要來報仇。有了上次慘痛的經驗，他這一次就顯得小心多了，不敢太輕敵了。

他先到海岸邊勘察情況。只是他覺得很奇怪，什麼時候海裏有那麼多大大小小的石頭呢？他悄悄的爬上大石頭，往馬來村裏瞧去。他更覺得納悶，因為他沒有看見出海口，也沒看到扯他腿的片片小葉子，只看到一條長長的土牆橫隔在沙灘上，土牆的前面與海水之間有著密密麻麻的管子，好像吸管一樣正吸著海水。怪了，那一大片如山丘的樹牆也不知到那兒去了。

「會不會是我找錯地方了？那些綠色小鬼到那裏去了，還有那一大片的樹牆怎麼不見了？」他自言自語的說著。

突然，他看到水中有一棵木麻黃，他覺的很面熟。他想起來了，去年來襲擊馬來村的時候就看過他，記得自己還送給他好幾道疤痕，只是，他應該在出海口處的泥土上，現在怎麼泡在水裏呢？於是他移了身子靠了過去。

木麻黃金鬍子近日來顯得特別容易疲倦，可能是長時間泡在水裏染上風溼症的緣故。他好懷念生活在土地上的日子啊！想著想著，不知不覺中閉起眼睛又打起瞌睡來。突然感覺到一股冷氣逼近，連忙的張開眼睛一看，「哇！是海嘯。完了，本來想著，泡在水裏的爛骨頭，還有二、三個月的壽命，沒想到……這下子怎禁的起海嘯那兇猛的搖晃呢，哎！可能壽終正寢的時候到了吧。」

「這裏是不是馬來村呢？」沖天泡兇惡的問著。

「啊！是……是是……是馬來村。」金鬍子發抖的回答著。

「它怎麼變成這樣子呢？還有海裏這些大石塊是怎麼一回事？」

「這些大石塊叫做消波塊，是村子裏的人們放的，他們是為了保護土地而放的。」

「哈！哈！這未免太好笑了，這些石頭怎麼能保護土地呢？我輕輕一爬，就淹沒過他了。」

「那一條白色的東西是什麼？」沖天泡繼續的問著。

「那是防波隄，是村子裏的人們為了避免海水入侵而築的。」

「那以前在沙灘上像沙子那麼多的小葉子呢？他們到那裏去了？還有如同山丘般一大簇一大簇的樹牆到那兒去了？說，快說！」

「你說的那些小葉子叫做馬鞍藤，他們已經被村子裏的村民鏟除了，他們認為馬鞍藤爬滿了整個沙灘，很浪費土地。而那些樹牆是海茄苳和水筆仔，他們也被村民們連根拔除了，因為村民說他們只是一堆沒有用的樹林，養一群沒有用的鳥類，所以將他們挖起來丟掉了，將他們的家拿來蓋漁池了。」

「那在樹牆後面的那一大塊海綿，現在怎麼樣了？」

「你是說幻影濕地嗎？他已經不存在了，村子的人們載來一車車的泥土、磚塊，堆積在他的身上，然後蓋了一幢幢的房子，連小河流、招潮蟹、黑面琵鷺、海鳥他們都消失了。」金翳子說著，想起了以前那些可愛的好朋友們，以及在他身上築巢的海鳥媽媽，耳邊似乎又聽到小海鳥們嘰嘰啾啾的歌唱聲，想著想著，忍不住傷心的掉下眼淚。

沖天泡可沒有空去理會金鬍子。他心中想著「那道防波隄會不會比樹牆厲害，可能會吧，否則人們怎麼會把樹牆挖掉，而換成他呢？我還是先去試試防波隄的威力吧！」於是沖天泡將身體拉成細細長長的模樣，小心的向前走去。

「站住！」「你想要進村子裏，先得經過我同意。」防波隄築夢大聲的喊著。

沖天泡看了他一眼想著，這防波隄一定很厲害，自己要小心點。於是他暫緩了腳步，停了下來。但是他等了一會，發現他只是在那兒大聲的說話，說什麼保護村子的的安全是他的責任，村子居民的生命全靠他等。沖天泡實在沒有耐性再聽他說下去，繼續的往前走去，當碰到了築夢身體的時候，發現他並沒有能力阻止他前行，於是他再將身體往上拉高，很輕易的越過了築夢的身體，他不禁冷笑出來。「原來這防波隄只不過是三腳貓的功夫罷了。」過了一會兒，他退回大海中，暫時的躲在消波塊的後面，好好的睡個午覺，準備等到晚上，再來一舉滅頂馬來村。

黑夜很快來臨，整個馬來村很快的被一股陰森詭異的氣氛籠罩著。很多居民不安的在村長家集合。

「村長，怎麼辦呢？看今天晚上的天氣，好像有海嘯要來，有可能會引起海水倒灌，我看我們要不要疏散居民暫時到地勢較高的地方去呢？」阿金伯問著。

村長清了清喉嚨，用那沙啞的聲音說著：「大家請別太緊張，不用怕啦，我們馬來村是個風水好的村子，我們在這裏住了四五十年了，經歷了多少次的海嘯，每一次不都逢凶化吉嗎？」你們大家想想，去年這個時候，不是接二連三的來了好幾個海嘯，最後那一個威力最強的，他連進到村子裏，碰到房屋都沒有，不就夾著尾巴逃走了嗎？更何況，我們這次在海裏放了那麼多的消波塊，又築了一條長達十幾公里長的防波隄在沙灘上，而我們大家的房子，也都從瓦房改建成鋼筋水泥屋，堅固的很，大家別怕啦！好好放心的回去睡覺。」

大家聽了村長的話之話，雖然無法完全消除內心的恐懼，但也只好各自回到自己的家去了，祈禱能夠如同村長所說的話，今夜會平安無事。

當村子裏的村民呼呼大睡的時候，沖天泡已經準備好了，剎那間，他搖身一變，變成了一個面目猙獰的兇神惡霸，他將身子猛然拉成數十公尺高，朝著馬來村大力的撲去，這時引來了無數的風魔、浪魔，同時朝馬來村村民的房屋、道路撲去，這一次的進攻完全沒有受到阻撓，不到半刻時間，海水已完全入侵馬來村了。

沖天泡那強勁有力的威力，並不因此善罷干休，夾雜著沙灘上大量的沙子，不斷的橫掃馬來村的每一處地方。很快的那防波隄就被沖斷了，馬來村的房子倒的倒，塌的塌，連道路都被沖毀了。村民們還來不及反應這是怎麼一回事，就被淹沒在大水中了，頓時哀號聲四起，無處可逃。

沖天泡看著自己偉大的傑作，忍不住的狂笑起來，那笑聲似乎在嘲笑說：「人類，不是自認為最聰明的嗎？怎麼做了傷害自己的事還不知呢？真是一群愚笨的人啊！一群愚笨的人啊！」

佳作

小海豚的心事

賴虹伶

得獎感言

感謝兒童文學研究所舉辦文學獎，使得兒童文學稚嫩的幼苗，在沃野的台東心田裏日漸滋長，再細心地呵護灌溉其茁壯，在這可愛的兒童文學園地中有著默默耕耘的好園丁。

「號外！號外！小海豚即將被放生，游向海洋的懷抱……」各大媒體爭相報導著，望著汪洋大海，小海豚想起過去的往事，咦！今夜有一輪明月映照海平面，而在明月中顯露出大鯨魚的朦朧身影……

大鯨魚是在海洋中小海豚的最好朋友，就在這時，小海豚緩緩地道起大鯨魚……回憶那時，我還沒有被人類抓來這座海洋公園，我和大鯨魚生活在大海，每天到處悠遊。

每一到夜裡，大鯨魚總是浮出水面，望一望月亮，然後潛入水中，快速地游動。「嘩」一聲，牠猛然衝出水面，在空中翻轉，劃下一道好長好高的優美弧線。落水的聲音很響，激起好大一片浪花。景象美得真是教我陶醉！

那時，我好喜歡看大鯨魚跳躍，尤其是當牠張著那對鰭狀的前肢在空中擺動，長久以來都讓我以為牠不是在跳，而是在飛。

記得我曾把我的想法告訴大鯨魚，也算是一番讚美，沒想到大鯨魚卻只淡淡的說了一句：「飛？還差得遠呢！」之後，什麼話也沒說了。

大鯨魚就是這個樣子，態度總是冷冷的，像一座冰山。但是我並沒有責怪他。因為我了解牠。大鯨魚大多獨來獨往，不愛人家作伴，長期的獨自旅行，造成牠們孤僻的個性。

但是，說大鯨魚冷漠，那倒也不見得，至少我的經歷可以作為證明。記得幾年前，當我還跟著一群海豚過日子的時候，有一天，我們遇到了一艘捕魚船。這艘船顯然是以捕獵大型鯨魚為業，然而那天，他們卻連我們這些小海豚也不放過。「好久沒找到鯨魚，無聊得很，不妨獵海豚來玩玩吧！」順著風勢，我聽到船上有人這麼說。一下子，大家驚慌得不得了，散的散，逃的逃，都想拼命的遠離這艘船。

或許該我倒楣，在那麼多海豚裡，我竟是唯一被鎖定追捕的對象。這些歹毒的人真的是存心想玩，他們也不撒謊，就用一支一支的鏢槍射。船行的速度很快，向我逼近，我越游越沒力氣，心想自己就快完蛋。正當絕望的時刻，一隻大鯨魚出現了。「啊！看！那邊有隻鯨魚！」船上的人大喊著，調轉標槍的方向。我這才有工夫喘口氣，慶幸自己撿回一條命。

大鯨魚游得非常快，在鏢槍還沒來得及準備好，牠一頭撞上捕鯨船。船身晃了一下子，船上的人叫得更厲害：「快，快殺了他，他在攻擊船！」第一支鏢槍射了出去，但是沒射中。緊接著，第二支鏢槍也將發射。

那時，我在一旁看著，緊張得很。大鯨魚不像海豚，牠們體軀龐大，目標明顯，遲早成為人家的靶子。要命的是，這隻大鯨魚卻毫不畏懼的一直往前衝，根本不把鏢槍當一回事。

「傻大個兒，快閃，別顧著衝啊！」我忍不住叫了出來，一直擔心著。

然而，正當我一顆心七上八下，不知道怎麼辦才好，一樁奇事發生了。

大鯨魚並沒有再撞捕鯨船。牠藉著衝力，騰空躍起，橫越過整艘捕鯨船。才一落水，掀起的猛浪晃得船身搖擺不定，有個人還因此掉到海裡。我看見船上的人驚呼不斷，一邊詛咒，一邊忙著救人，也看到大鯨魚揚長而去。

喔！我沒看過一隻大鯨魚能跳的那麼高，著實愣一下。待我回過神來，連忙趕上前去。「大鯨魚，謝謝你就救了我。」我由衷的表示感謝。

「不用謝。捕鯨船殘害我們族類，應該得到教訓。」

牠的聲音十分低沈，十分有力，簡單的一句話，道出我們多少魚族的心聲。只不過，當牠說完這些話，也馬上走了，並沒有給我多一點時間認識牠的機會。

那時，我望了望那頭，失散的海豚夥伴又聚在一塊兒，正準備重新出發。再望望這頭，大鯨魚龐大的身影，像塊大磁鐵似的吸引著我。我的選擇很明確，我並沒有再回到海豚夥伴那裡，而是朝大鯨魚走掉的方向游去——我決定要成為牠的跟隨者。而這也就是獨來獨往的大鯨魚為什麼身邊會有一隻海豚「小跟班」的原因了。

起初，牠並不習慣，但終究還是接納了我。而且，我也很高興能夠成為牠的朋友。牠的話很少，沉默的時候居多。不過看得出來，牠對我這個朋友倒是挺照顧的。別說替我擋掉一些想來欺負的魚類，就連遇上美味的蝦子，也總是待在一旁，讓我先吃，牠嘴裏雖不說，但用意很明顯，就怕自己食量大，給一口吞完，害我沒得吃。

那時我們在海洋生活，悠遊自在，坦白說，那可真是在海洋最快樂的一段時光了。但是有一件重要事，就是牠對月亮有特殊的情感。

在月夜裏，夜色像被章魚的墨汁噴染了一般。風在吹，風在響，牠經常浮出水面，望著月亮，然後潛入海中，向天空高高的躍去。長長的前肢像對翅膀，青黑的身軀在月下粼粼發亮，那種跳躍的姿勢總讓我在剎那間把牠當成一隻鳥，一隻飛往月亮的大鵬鳥。

記得有一次，我禁不住向牠問道：「大鯨魚，你那麼喜歡月亮嗎？」

大鯨魚悶不吭聲。沒多久，牠反問我：「你認為月亮上頭有什麼？」

月亮上頭有什麼？這倒是我從來沒想過的問題，一時也不曉得怎麼回答。我十分好奇，便說：「大鯨魚，你為何這樣問？」

「因為我想到那裡去。」

咦！一隻大鯨魚想到月亮上去？牠的話讓我感到吃驚。我更加的好奇，於是又問：「大鯨魚你為什麼想到月亮上頭呢？」

大鯨魚像往常一樣盯著月亮看，然後幽幽的吐露一句：「因為我常常夢見它，夢見我的媽媽在那裡。」說完，大鯨魚沉入水面下，擺動著身體，緩緩的游走，晃悠的身影透顯著龐大的孤單。

於是，我不再說什麼，只默默的跟著牠游去。然而，在往後的日子裡，我又多瞭解了一些事情。記得牠曾說過，在小時候是跟著媽媽和其他大鯨魚在海裏過活的。日子原本過得很快樂，但是不幸的是，牠們遇到了捕鯨船。牠們拼命的逃，總逃不過人類的追捕。而牠的媽媽是一隻很勇敢的鯨魚，匆忙中把牠託付給其他的大鯨魚，然後對牠說：「孩子，永別了，媽媽會在天上想念你。」便逕自游去逗引捕鯨船的注意，好讓夥伴能夠帶牠逃走。不久，一隻銳利的鏢槍射中牠的媽媽胸膛，鮮血在海上染成一片。牠哀鳴著，但不論怎麼叫，都喚不回媽媽的生命。就這樣牠成了一隻孤鯨。

然而，歲月一天一天的流逝，牠漸漸長大，不知什麼時候起，牠開始夢見月亮，夢見媽媽在月亮裡遠遠的看著牠，媽媽的笑容還是像以前那麼慈祥。嗚呼！大鯨魚想到月亮上去，就是想再見媽媽一面，即使媽媽已成了月中的幻影。

在當我聽到這個故事，不由得為大鯨魚感到悲傷。我總在心裡期盼，希望大鯨魚達到願望。不過，我也不時的納悶著：「儘管大鯨魚可以跳得像飛一樣，但終究還不是真正的飛。牠要怎麼做，才能真正的飛起來呢？」

似乎，為了學飛，大鯨魚已經自我鍛鍊很久了。牠每天都用前肢拍擊礁岩，以增進前肢的耐力。牠整座海洋來回的游，好讓體能保持最佳的狀況。在我沒跟著牠之前，牠還曾去過海洋的最深處，不僅是為了磨練自己耐壓的本事，同時也是去找一種罕見的水草，據說吃了這種水草，可以跳得更高。

就在月夜之下，大鯨魚一遍一遍的躍起，一遍一遍的落下。月光遍染大海，揚起的浪花散在呼號的風裡。唉！看牠這麼努力，老天就算不吭聲，也該幫忙幫忙牠吧？哪裡知道老天賜給牠的卻是坎坷的命運！

回憶在一個月亮大得像圓貝的晚上，牠望了望月亮，又像往常一樣的在海上飛躍。而我待在不遠的地方，目光被那種躍姿所吸引，完全沒注意到從遠處來逼近的危險。

「沒錯！發現大鯨魚！快，打開探照燈，加速前進，鏢槍預備。」

我實在不敢相信我的聽覺，趕緊游過去，一瞧，老天爺，真的是捕鯨船呀！我連忙對牠發出警告，但已經來不及了。當牠猛然躍起的時候，一支發射出去的鏢槍剛好在半空戳進牠的身體。

然而，牠落入水中，在海裡翻滾，痛苦的哀嚎著，一聲一聲像刀似的割在我的心頭。真是恨死了，忙亂中，我挺起頭就往捕鯨船撞去。

但是，船身晃也沒晃，當一隻海豚就是這麼可憐，力量微薄得根本使不上勁。但是我不管，依然不停的向捕鯨船猛撞。我打定主意，即使賠掉這條小命，也要干擾這艘船的捕鯨作業，好讓牠有時間逃走。但悲哀的是，就算船上的人發現有一隻海豚在撞船，也都毫不在意。他們才懶得理會我這種小角色，他們要的是牠那種「大貨色」。

「跟著跟著，別讓牠跑了。」船上的人喊著。

看牠能逃走，當然最好，不過牠並沒有這樣做。就像以前一樣，牠猛衝過來，一頭撞在捕鯨船。

「牠在攻擊船了！快，再補牠一槍。」

一支鏢槍又射了出去，我聽到牠哀叫一聲，我聞到海水裡，有一

股濃濃的血腥味。

「天呀！這樣下去怎麼是好？」我叫道。情況真是教我著急得不得了，實在想不出什麼辦法好幫助牠，就只能用頭不斷的去撞船身，儘管撞得傷痕累累，卻總希望能把船撞出一個大洞來，把船撞沉。

這時，牠急速的游開，調轉回頭，然後又撞了一次捕鯨船。

趁這個時候，那些狠毒的人拿著長矛不停的戳牠，戳得牠的身上又添了許多傷口。

牠默默地下來，不再喊叫，牠再度游開，游了一段好長的距離之後，立刻調頭，筆直衝過來。

「好傢伙，又想撞船。」

他們猜錯了，牠並沒有撞船。牠從水面下竄出，飛躍起來，用力之猛，在橫越捕鯨船的一剎那，居然就讓連著船身的繩索，活生生的把鏢槍從牠的身上連肉帶筋的扯下來。

「哇！這傢伙到底是鯨還是鳥？」

我聽到船上的人這樣大呼小叫。是的，我承認那時也搞不清楚牠到底是鯨還是鳥了。或者說，我那時真希望牠是鯨也是鳥。我一定是撞得頭昏眼花，就在我體力不支昏過去之前，朦朧中，我沒聽到牠落水的聲音，彷彿只看見有一個龐大的黑影一直往天邊飛去。

當我醒來時，已經是隔天的早晨。海上的波浪不曉得把我送到哪裡？我既沒有看到捕鯨船，找遍整個海域也沒發現牠。牠是生是死？飛成了？還是沒逃過捕鯨船的追獵？一時竟成了謎。

數年之後，我被人類捕獲，送到這座海洋公園來。在這裡，海豚訓練師教會我許多逗遊客開心的花招，頂球、拖浪板、跳圈圈、向觀眾潑水。大家都很喜歡看我表演，然而我卻時常感覺自己像一個小丑。為了生存下去，一切的無奈都只能往肚裡吞。

咦！到了秋天裡最圓的那個日子吧！我望了望月亮，不禁想起了牠。看那月亮雖然圓，但仍不免有些陰影。然而，我在心裡默想著牠和牠的媽媽，彷彿中月亮裏那些陰影是兩隻鯨魚，牠們一個在前，一個在後，悠然自在的在月亮上頭倘游；而且，再也沒有人能夠將牠們分開，甜蜜相伴地游向新世紀……

哦耶！如今，我小海豚也即將被放生而游向大海，全世界的各大媒體都來報導著，喚起了人類保護海洋生態的重要性，希望人類能夠與海洋同伴們做好朋友，此刻，讓我很振奮的是，當我緩緩地游向大海的一小步，將是人類文明提昇的一大步……

佳作

飛翔吧，大樹！

林佑儒

得獎感言

某一個午後，我趴在桌上小憩，朦朧升起的睡意之中，背脊兩側隱約覺得有抽動的感覺，長出翅膀的感覺是不是這樣？於是，一篇童話在這樣的猜想中誕生，很高興這篇故事受到評審的青睞。

平安國裡的不平安事件

平安國在一片無邊無際的大草原之中，平安國的人們每天都過著平安的生活。據說，很久以前平安國裡有很多美麗的大樹，但是有一天，王子從樹上跌下來，摔斷了腿。於是，國王下令砍掉平安國裡所有的樹。

「我不能讓我的人民遇到危險，這裡可是平安國呀！」國王大聲宣布。其實，國王擔心的是如果他心愛的王子萬一再爬樹跌下來，那可就糟了。

但是，最近平安國裡卻發生了一連串不平安的事，連續三天，每天晚上都有小孩會莫名其妙從床上消失，隔天早上在其他地方出現。

「我家胖胖睡在麵包店門口，把他喊醒，還滿臉不高興，一直哭個不停！」

「我家小麗在池塘邊睡，身上還蓋著荷葉，一直叫不醒，害我嚇

死了，用水潑她才醒。」

「我家阿毛是自己走回家，他說醒來的時候是睡在公園裡的沙坑上。」

父母們擔心極了，如果孩子發生了危險，那該怎麼辦。在一向平靜安和的平安國，這可是件不得了的大事，國王召來大臣們一起商量對策。

「也許有什麼壞人想要綁架小孩去賣也不一定。」治安大臣憂心萬分的說。

「一定要把壞人抓起來！」國王的眉頭皺得像一座小山。

「可是……，國王陛下，沒有……有人看過壞人……。」治安大臣不安的說。因為，平安國一直都很平靜，從來沒發生過任何的壞事。

「那我們可以躲起來看，那些小孩被誰帶走了。」喬伊王子突然跳上父親的膝上說。

「好主意！乖兒子，你真聰明！」國王下令每一個孩子的房間裡，都埋伏一個士兵，整夜監視著。

起風的季節

每年的春天，平安國總是開始起風，這一陣風像是經過長途跋涉而來的旅人，每年剛旅行到平安國的時候，總是又倦又累。一開始幾天，風總是徐徐地吹著，輕柔無比。過了幾天，風像恢復精神的旅人，在平安國一陣又一陣地吹著，活躍卻輕巧。士兵們展開任務的那個晚上，正巧是旅行的風恢復精神的夜晚，風帶著清爽的氣息吹過平安國的大草原，發出一陣陣美妙的娑娑聲，平安國的人們最喜歡閉著眼睛聆聽風吹過草地的聲音，連士兵們也不例外。這個夜晚十分安靜，風聲也特別好聽，讓平安國的人們忘了最近的不平安事件，全都帶著香甜的心情沈沈地睡著，當然，看守孩子們的士兵也睡著了。

「幸好，準備了胡蘿蔔塊塞住耳朵，我答應莎莎，一定要保護她！」喬伊王子知道夜裡的風聲特別容易讓人睡著，他躲在好朋友莎莎的房間裡，眼睛閃亮的像夜裡的貓頭鷹。

一陣風吹進房裡，喬伊王子揉揉眼睛，他以為自己看錯了，居然是一陣淡紫色的風，還有一股花香。等他再張開眼睛，莎莎的睡衣裙角從窗口消失。

「不好了！莎莎被帶走了！」喬伊王子焦急地跟著追，一出去，他發現根本沒有壞人，只看見莎莎的背上有一對小小的翅膀搧動著，和那陣紫色的風一起飛呀飛，莎莎看起來像隻可愛的小粉蝶。飛過街道，飛向草原的邊緣，因為飛行的速度很慢，所以喬伊王子只要小跑步就可以跟上了。

莎莎飛過街道，飛出城門，飛進了草原，眼看著就要飛出了草原的邊際。喬伊王子從小就被告誡不准離開草原，因為過了草原邊際就不是平安國了，離開平安國，就可能發生不平安的事。但是，為了莎莎，他管不了那麼多，只能隨著莎莎一直往前跑。莎莎飛到一棵大樹前停了下來，喬伊王子從來沒看過那麼大的一棵樹，大概需要一百個小朋友手拉手才能把樹身圍起來，樹枝上綠葉繁茂，風像頑皮的小孩子在枝葉間穿梭，發出沙沙的聲音，喬伊王子覺得這聲音好熟悉，卻想不起來什麼時候聽過。

喬伊王子突然覺得眼皮好重，他摸了摸耳朵，胡蘿蔔塊已經掉了，從大樹中吹來的風正唱著好聽而溫柔的歌，讓他沈沈入睡。

喬伊王子也長了翅膀

喬伊王子醒來，天快亮了。他發現自己躺在公園裡的噴水池邊，莎莎就在噴水池旁邊的紫羅蘭花叢裡。喬伊王子帶著莎莎回去時，大家還在睡覺，他決定不告訴任何人昨天晚上的事情。

「太好了！昨天晚上沒有小孩失蹤！」國王接到回報，高興極了。

「辛苦大家啦！今天全國放假慶祝一天！」平安國王大聲宣布。

晚上，到處都舉行慶祝恢復平安生活的慶典，今晚的風比昨天還要輕巧而且舒暢，大家在風中快樂的唱歌跳舞，然後帶著愉快的心情上床睡覺。當所有的人都聽著吹過草原的風唱歌入夢之時，喬伊王子耳朵塞著胡蘿蔔塊，偷偷地跑到通往大草原的路口等著。

「口袋裡還有很多胡蘿蔔塊，這次，應該不會睡著了。」王子一邊摸摸耳朵上的胡蘿蔔塊，一邊伸手探探口袋，確定還有胡蘿蔔塊。王子在路口等了很久，什麼都沒看見。

「真無聊！一顆星星、兩顆星星……。」喬伊王子只好抬頭數星星，數著數著，他的眼皮開始不聽使喚地想閉起來。

「不行！絕對不能睡著！」喬伊王子把胡蘿蔔塞緊耳朵，拉著眼皮看星星。忽然間，他覺得後背兩側，像是有種子發芽，逐漸伸展，天上的星星越來越亮了，有一陣風像流動的被子溫柔地包圍著他，感覺好舒服。當他環視四周，發現所有的房子都變矮了，居然能看到屋頂！喬伊王子再低頭一看，驚訝的看現自己的腳居然離地面很遠了，原來，背上長出翅膀！喬伊王子興奮極了，背上的翅膀隨著風一直向草原的邊際飛翔，飛到大樹前面，便輕輕掉落，喬伊王子看見那是一對像雲朵的柔軟翅膀，一掉落地面，就化成一陣七彩的風向樹梢吹去。

「歡迎你，喬伊王子，還記得我嗎？」有一陣熟悉的聲音傳來，但是喬伊想不起來是誰的聲音。

「你是誰？在哪裡？我不怕你！」王子東張西望地搜尋著。

「你當然不用怕我，我就在你面前呢！」喬伊向前看，只有那棵大樹和一群頑皮正在枝葉間嬉鬧的風，風在大樹的枝葉間捉迷藏，讓樹葉沙沙翻動起來，像是對著喬伊招手。

失落的記憶

「你是……，大樹？」喬伊王子覺得很困惑，他不記得這棵大樹。

「是呀！你不記得我了？爬上來，你會想起來的。」大樹的枝葉被風吹得東搖西擺，像是對喬伊張開雙臂。

「好舒服呀！我還記得你的小手溫暖而且柔軟！」大樹輕聲地說。

喬伊也覺得很舒服，感覺好熟悉，他很敏捷地爬上大樹伸展的枝幹。

「站在樹上的感覺好棒！」喬伊伸開雙臂，像一隻想要飛翔的鳥兒。他開心地和風在枝葉間玩捉迷藏，有清脆的鳥叫聲圍繞，還有七彩斑爛的蝴蝶四處飛舞，突然間有隻可愛的小松鼠跳過，喬伊忙著去追，也跟著躍過，卻一不小心踩了空。

「小心！」大樹及時伸出強壯的樹枝，一把接住喬伊王子。

「我想起來了！在我很小時候，常常和你一起玩。」喬伊王子突然大喊。

「呵呵！你終於想起來了！」大樹發出沙沙的笑聲。

「我記得，我常常爬到你身上，我最喜歡和你玩『飛！飛！飛！』的遊戲，每次我說完：『飛翔吧，大樹！』就從這頭的樹枝躍過那一頭的樹枝，感覺好像在飛。」喬伊王子一邊說，一邊張開雙臂，從枝頭的這端，輕巧地跳向另一邊。

「可是，你突然不見了……。」

「因為，有一天，你在玩『飛！飛！飛！』的時候，看到一隻小松鼠在枝幹的另一頭，想伸手去摸，不小心掉下來。國王生氣極了，下令砍了平安國裡所有的樹。」喬伊不敢相信自己的耳朵，因為當他恢復健康的時候，國王告訴他大樹長翅膀飛走了。

「我一直以為你長翅膀飛走了，不理我了。」

「呵，我真的長了翅膀喔！國王下令要砍掉我的前一天晚上，這群好心的風帶著我飛走。」

這時圍繞著大樹的風兒們，發出像口哨一樣的聲音，像是在說：

「對呀！對呀！」

「喔，對了！你的翅膀是我送你的，喜歡嗎？」大樹突然想起來，關切地問。

「喜歡，是白雲翅膀，好可愛！」喬伊王子開心地笑了。

「你送莎莎的翅膀也很棒，是蝴蝶翅膀。其他人呢？其他人應該也都是你送他們翅膀，所以半夜才失蹤吧。」

「呵呵，對呀！胖胖的是麵包翅膀，小麗的是蜻蜓翅膀，阿毛的是麻雀的翅膀。」

「為什麼你要送翅膀給小孩子？」

「因為，我很想念你，所以託旅行的風幫我帶著翅膀種子去找你，風不認識你，只能把種子吹到小孩子身上，種子會在半夜發芽，長成翅膀。」

「為什麼他們醒來會在不同的地方？」喬伊王子一邊問，一邊抓著樹幹盪了盪，然後跳到另一邊伸展的枝幹，像隻靈巧的小猴。

「喔！因為翅膀會帶小孩子飛到記憶裡最快樂的地方，胖胖喜歡吃麵包，小麗喜歡在池塘邊玩水，阿毛喜歡遊樂場的沙坑。」

「莎莎最喜歡公園裡的紫羅蘭花，那我……，哈！最喜歡和你玩。」喬伊王子接著說，雙手緊緊地抓住枝幹，像是握著好朋友的手。大樹沒有說話，只發出沙沙的快樂笑聲。

真正的災難

自此以後，喬伊王子每天晚上都有一對翅膀，可以飛到大樹上去玩耍，然後在天亮之前回去。沒有小孩再失蹤，平安國又恢復了平安的日子。

但是，有一天平安國來了一陣兇巴巴的暴風，風掀開了大家的屋頂，還把草原吹禿了，平安國的百姓把大石頭壓在屋頂上，還是被吹翻了，誰都沒辦法。

「該怎麼辦？兇巴巴的暴風吹個不停，平安國早晚會成了沙漠。」國王又開始煩惱起來，喬伊看了不忍心，在夜裡冒著危險去找大樹。

「把我的最強壯的枝幹砍下來，做成盾牌，放在平安國的入口，就可以抵擋兇巴巴的暴風。」喬伊王子依照大樹的指示去做，隔天，兇巴巴的暴風果然停了。

國王高興極了，但是兇巴巴的暴風一離開，過幾天，又來了不講理的大雨，不講理的大雨日夜不停的下著，像下起鐵釘雨一樣，打在人身上又猛又疼。

「再繼續下去，大雨變成洪水，沖走了牛羊，也沖壞了房子，平安國就完蛋了！」國王急得鬍子都變白了。於是，喬伊王子又冒著大雨去找大樹求救。

「把手伸進我身上的那個洞裡，有把神奇的刀，用這把刀，馬上把我砍下來，做成一艘船。」大樹對喬伊王子說。

「可是，這樣你……。」喬伊很猶豫，他很愛大樹，但是平安國就快被毀了。

喬伊王子只能難過地拿起刀，把大樹砍倒，神奇的刀在洪水來之前，把大樹的軀幹做成了一艘強壯的大船，所有的人在凶猛的洪水淹沒腳跟之前，安全地到大船上。

不講理的大雨下了三天三夜才停，又過了三天三夜，陽光從厚厚的雲層透出來，洪水才慢慢退去。

「還好，大家都沒事。」國王露出疲憊的笑容。

「如果有大樹就好了！」一想到大家雖然都平安，大樹卻已經不在了，喬伊王子就忍不住難過，傷心的嚎啕大哭。

「如果有大樹，就不怕兇巴巴的暴風！如果有大樹，就不用擔心不講理的大雨。」

「是呀，樹的枝葉可以抵擋狂風，埋在土裡的根，可以抓牢土地，防止洪水。」博士大官小聲的說。

「當初你怎麼不說！」國王雖然怒斥博士大官，心裡卻懊悔不已。

「從此以後，要開始種樹！」國王看到喬伊王子傷心的樣子，趕緊下了這樣的命令。

「可是，可是……，所有的樹都不見了，平安國裡沒有一棵樹……。」博士大臣的聲音像蚊子一樣小。

飛翔吧，大樹！

經過連續的大災難之後，原本美麗的平安國成了殘破不堪的泥濘之城。所有的人都忙著整理家園，連小孩子都一起幫忙。在所有的房舍和街道修整好，平安國恢復整潔平靜的那個夜晚，國王並沒有下令舉行恢復平安的慶典。因為，大家都累極了，一上床就呼呼大睡。全平安國的人都沈浸在安穩香甜的夢鄉裡，只有喬伊王子睡不著，因為他聽見有一陣風的腳步聲，很慢，很輕，這陣風溫柔地包圍著喬伊，他感覺背上有翅膀，像迅速抽長的樹枝般伸展開來。當喬伊欣喜地揮動翅膀飛出窗口，他很驚訝地發現大樹就在窗外。

「呵呵，喜歡嗎？那是天使的翅膀。」大樹發沙沙的聲音。

「我好想念你！」喬伊王子緊緊地抱著大樹。

「我也是，但是我得跟你說再見。」突然，大樹枝葉間的風全部匯集起來，像一條河流，流向喬伊王子，有無數的種子在風中飛舞著，通通落在喬伊王子的口袋裡。

「每一個種子都是我，把它們種在泥土裡，它們會長成美麗的大樹，以後可以陪你玩，還可以保護你。」大樹說完，所有的樹葉都化成光亮的金色，像是點點燃燒的火苗。

「看！這是我留給自己的翅膀……流星的翅膀，再見了！親愛的喬伊！再見！」瞬間，大樹像一顆巨大的流星向上飛去，在夜空劃下一道絢麗又明亮的痕跡，然後化成為銀河裡的一點閃亮星光。

「再見！大樹！飛翔吧，大樹！」喬伊王子仰著頭，不斷地用力地揮手，等他回過神來，他發現腳紮紮實實的踏在土地上，伸手摸摸口袋，是滿滿的種子。

春天很快又來了，平安國被吹禿了的大草原上冒出了新芽點點，草原很快地恢復了綠意，大樹的種子也迅速地發芽長成了一片美麗的森林。每當風季來臨，好心的風吹過平安國，草原的娑娑聲，森林的沙沙聲，小孩們的笑聲，和風一同齊聲唱著快樂的歌，是平安國裡最美妙動人的旋律。

佳作

土地公公流浪去

陳沛慈

得獎感言

感謝台東師院兒文研究所，為我開啟一扇走向兒童文學的門，窗外風景綺麗、充滿生命力與童趣；感謝兒文所的師長們，為我套上附有勇氣的鞋，讓我敢於往兒童文學的園地邁開腳步。感謝同窗好友，與我攜手前進，在兒文的天地裡相知相惜，不會孤獨。

（一）

天，才矇矇亮，土地公阿德就提著行李袋，走出土地廟。他準備好要當個四處流浪的土地公。

「你要離開？」蜷在廟門口的黑貓瞇著眼，冷冷的說：「你真的不顧村子裡的人了？」

「別說那麼多了，我只是個小神，管不了這麼大的事，你就饒了我吧。」土地公苦笑兩聲，變身成年輕人，往山下村落走去。

「人家說貓無情，我看神仙才真是無情無義。」黑貓叫著。

阿德走到半山腰，忍不住回頭看他的地公廟，小小的廟，座落在茶園旁，層層疊翠的茶樹，擁著小小的紅瓦屋頂，在晨霧中顯得十分安詳，一點兒都看不出將有大災難要發生。阿德豎起耳朵，他清楚的聽見更高的山上，發出一陣陣轟隆隆肅殺的聲音。「唉，別怪我無情，我盡力了。」

阿德嘆口氣，繼續往村莊走去，腦海裡還是兩天前的情景，一切都那麼清晰……。

兩天前的傍晚，阿德正坐在廟門檻上，觀賞信徒為他請來表演的布袋戲。一群綠繡眼慌張的飛過來：「土地公！土地公！不得了了！」

阿德高興的揮揮手：「你們來的正好，現在正精采，壞人正要和男主角一決勝負……」

「土地公，大事不好了！」綠繡眼七嘴八舌的吵得阿德頭昏腦漲。

「什麼事？吵吵鬧鬧的。一個一個來，你先說。」阿德指著一隻胖嘟嘟的綠繡眼。

「嗯嗯……土石說要淹掉村莊，再三天……」胖綠繡眼說的支支吾吾。

「停、停、停，你說清楚一點，什麼三天？什麼土石？」阿德盯著布袋戲棚，心不在焉的問著。

「我來說！」一隻年輕的綠繡眼跳上阿德的肩膀：「今天一早，我們發現山上的土石說，三天後，要把山腳下的村莊淹沒。」

阿德張大了嘴，看著肩膀上的綠繡眼：「他……他們幹嘛要淹沒村莊？」

「不僅要淹沒村莊，還要將茶園、檳榔園，全部摧毀」

阿德氣憤的說：「他們有什麼本事？說淹沒就淹沒？那群沒手沒腳的傢伙，動都不能動一下，只有滿身的泥臭，怎麼作怪啊！我在這裡幾十年，從沒聽過土石也能作怪。哼！說得比唱得好聽。」

「他們說，兩天後，會連下七天的大雨，他們要趁著雨勢衝下來。」年輕的綠繡眼回答。

「哈！開玩笑，雨水會被樹根吸掉……」話才一說出口，阿德就說不下去了，他抬頭看著山上，那原本蒼翠的山林，近幾年被砍掉大部份的樹木，山壁被挖去一大半，其餘的不是種檳榔，就是種茶樹，這些植物的根，根本吸不了多少水。

阿德皺著眉頭，拿起枴杖，對著肩膀上的綠繡眼說：「走！我們去找山神，問個清楚。」

年輕的綠繡眼隨著阿德，一瞬間就來到山頂。阿德拿起枴杖，朝著地面輕敲三下：「山神老兄，山神老兄，你在嗎？我是土地公阿德！」

不久，地面上冒出一位魁梧的黑漢子，笑盈盈的說：「阿德，是什麼風把你給吹上山來啊？」

阿德直截了當的說：「老哥哥，你知不知道，山上的土石正計畫要淹沒山下的村落？」

山神若無其事的拍拍阿德的肩膀：「我還以為是什麼大事呢，你放心，我警告過他們，要他們繞過你的廟，你的廟絕不會有事的。」

「這一切是你主使的？」阿德憤怒的瞪著山神。

「唉！唉！你可別誤會我。我知道他們的計畫後，特地跟他們商量，要他們繞過你的大～廟。你不感謝我，還冤枉我。」山神一臉不高興。

「老哥！對不起。」阿德繼續說：「那你為什麼不阻止他們？」

「哎，現在只要雨水一來，他們就可以輕鬆的脫離我的管轄，你要我怎麼管？更何況人們是咎由自取，你看看我，被搞得烏煙瘴氣，給他們一些教訓也好。」

看著山神狼狽的樣子，阿德不由得同情起這位傷痕累累的老友：「老哥，我希望你能再給村民們一次機會。」

山神搖頭苦笑著說：「你也知道，沒有大樹幫忙，我是管不動那些臭石頭的。」

「老哥……」阿德還沒說完，山神已揮揮手，沒入土裡，土裡冒出模模糊糊的聲音：「老弟，你就別為難我了。」

阿德呆立在山頭好一會兒，終於開口對綠繡眼說：「你先回廟裡，我到海龍宮走一趟，請海龍王不要下雨。要不然，就緩一緩下雨的時辰，我們再想辦法。」

土地公阿德舉起枴杖，朝天空劃三個大圈，嘴裡嘀嘀嘟嘟的唸著咒語，然後：「赫！」的一聲，空中只剩下一縷輕煙。

焦急的阿德一到龍宮外，便放聲大叫：「海龍王！海龍王！」

「誰在大吼大叫！！」東海龍王怒氣沖沖走出龍宮，朝著阿德上下打量：「是不是我老眼昏花了？你是土地公吧？怎麼會到海底來？」

阿德不好意思的說：「您好，我是土地公阿德，無事不登三寶殿，我有事想拜託您。」

阿德跟著海龍王走進金碧輝煌的龍宮，「有什麼事嗎？」

「聽說兩天後，要下七天的大雨？」

「這是天機，你從哪裡聽來的？」龍王兩隻眼睛睜得像兩只大碗，裡面彷彿要冒出火來。

阿德鼓起勇氣說：「我想請您不要下雨。」

龍王對著阿德大吼：「你憑什麼要我別下雨？」阿德被龍王的吼聲嚇得跳了起來，原本想就此打住，可是一想到村落裡的百姓，阿德繼續說：「那些土石打算利用雨水，順勢而下，把山下的村落淹沒。所以請您別下雨。救救那些村民。」

龍王停了一會兒，用緩和的語氣說：「不可能，雨水要下多少是早就預定好的，何況雨水並不單是為人類下的，雨水是萬物共有的，怎麼可以說不下就不下。你知不知道，如果沒下這場雨，有多少的生物會因此乾死，身為神仙的我們，不能只替人類著想。」

阿德聽得滿臉通紅，支吾的說：「那……可不可以……下少一點……下兩天就好了。」阿德話才一說完，只見龍王的臉由白變紅，再由紅轉綠，接著變成黑色，眼珠子大得像臉盆一樣，怒吼一聲：「你這個自私的小土地公，快給我滾！！」

阿德連滾帶爬的逃出海龍宮，回到他小小的廟裡。綠繡眼們看到垂頭喪氣的土地公回來，什麼話也沒問，就朝著山林飛走了。「走了也好，免得連你們都遭殃。」阿德呆坐在香爐前，整個腦子亂哄哄的。

廟外的布袋戲早已散場，只剩下老師傅悠閒地坐在長板凳上吐著煙圈，兩個年輕的徒弟正忙著收拾道具。悶熱的夏夜，除了蟋蟀的鳴叫聲和小徒弟們偶爾的笑聲外，整座山寧靜的像一潭沒有漣漪的湖水。

（二）

準備流浪的阿德走在微涼的早晨，他看到飄著薄霧的小徑上，有一個矮小的影子，緩緩的往山上走來。

「咦？那不是阿菊嬸嗎？今天又不是初一、十五，她上山來做什麼？」變身成年輕人的阿德，趕緊過去攙扶阿菊嬸。阿菊嬸瞇著眼看看阿德：「放心，這條路我從小走到大。……明天我兒子要娶媳婦，我要去土地廟拜拜，請土地公保佑。……我們的土地公很靈，有求必應。年輕人，有空多去燒燒香。」

她擦擦額頭滲出的汗珠，提起竹籃子，繼續往土地廟走去：「明天晚上，到我家吃喜酒，熱鬧熱鬧。」

阿德想叫住阿菊嬸，可是又不知道該說些什麼，他嘆了口氣，繼續往村落走去。他不敢想兩天後，當土石從山上衝下來時，這些人會怎麼樣，那對喜氣洋洋的新人又會怎麼樣。阿德想都不敢想，只能低著頭走進村莊。

「咦？這不是土地公嗎？今天您怎麼有空出來散步？」幾隻坐在國小校門外的野狗，畢恭畢敬的走過來。阿德沒有回答，放暑假的校園，顯得冷冷清清，阿德自言自語：「還好一個學生也沒有……否則……」。

「明天學校要辦暑期夏令營，到時候可熱鬧了。您可以過來看看，好像很好玩。」一條黃色的老狗喜孜孜的說著。

「什麼？要辦夏令營？！有多少人要來！？」阿德叫了起來。

「嗯……好像有一兩百人吧。」野狗們嗅出不尋常的氣氛，也跟著緊張起來：「怎麼了？土地公您可別嚇我們。」

「糟了！這……這可怎麼辦？我去找村長！」阿德快步往村長家跑去，後面跟著一群大大小小的野狗。

陽光從晨霧中露出臉來，大地頓時熱鬧起來，家家戶戶傳出梳洗、走動的聲音，也飄出陣陣早餐的香味。

一走進村長家的三合院，阿德就聽見村長的叫罵聲：「逆子，你這個不孝子，你再說一次就不要回來，……我就當作沒生你這個兒子。」

一個年輕人被村長推打出大門，站在門口大叫：「爸！你這麼頑固會害死全村的人。……」話還沒說完，村長拿起掃帚衝出來，往年輕人的身上狠很地掃過去，「一大早就詛咒你老爸！」年輕人躲過掃帚，退到阿德身邊。

「這！這是怎麼一回事？」

年輕人苦笑著把阿德往三合院外拉：「如果你要找我老爸，最好改天，今天他心情不好。」

「我記得村長很和氣的，怎麼會一大早氣成這樣？」阿德無法理解。

「你好，我叫阿成，村長的兒子。怎麼稱呼你？」

「阿德。」阿德跟著阿成走出三合院，坐在外面的土堆上。

「平常是很好講話啦，但是只要一提到土地廟和種樹，就比石頭還頑固。」阿成望著山頂一大片隨風搖曳的檳榔樹，沈重的說：「這些檳榔樹沒有防洪的功用，我怕有一天會發生土石流，到時候村莊就慘了。我想請爸爸跟村民們溝通，看看能不能砍掉一些檳榔樹，改種些有防洪作用的樹種。」

阿德頻頻點頭，他沒想到這個年輕人竟然懂得這麼多：「很好啊，結果呢？」

阿成大笑起來：「結果？就是你看的囉。連我自己的老爸都說服不了，更別說其他的人了。」

「那土地廟又是怎麼一回事？」

「種樹需要長時間才看的到成效，為了預防一旦真有山洪爆發，所以要先建一條疏洪道，可以緩和一下山洪的威力。可是，壞就壞在那間土地廟。」

阿成嘆了口氣：「我勘察過地形，從土地廟走下來的那條路，是一條天然的疏洪道，所以土地廟必須遷移。可是村民一聽說要移土地廟，說什麼也不肯。我老爸差點為了那座廟跟我斷絕父子關係。」

「可以繞過土地廟，另外開一條疏洪道吧？」

「這是地勢的問題嘛，這樣最省錢省時，效果也最好，我才不會故意找土地公的麻煩。我也捨不得拆那間土地廟啊。」阿成拾起一塊小石子往路上扔去，清晨的陽光，照在阿成的臉上，散發出一種熟悉的光芒。

阿德忽然想起這個年輕人，就是到外地求學的小成。他記得小成只要一有心事，就會跑到土地廟前坐著扔石頭，一直扔到太陽下山，每次阿德都會坐在他身邊陪他，一直到他平安的回家為止，沒想到一轉眼就長大了。

「如果是這樣，就把廟拆了。趕快拆了吧！明天就要下大雨了！」阿德拍拍小成的肩膀。

小成開心的笑了：「謝謝你的支持，不過這件事還要長期抗戰。」他拍拍屁股上的泥土，往三合院走去。

看著阿成，阿德心中有了一個新點子。他轉身唸咒，瞬間便回到廟裡。

他將綠繡眼全找來：「我要麻煩你們，到森林裡去散佈消息，跟那些土石說：『我土地公阿德要跟他們挑戰，我不把他們放在眼裡。』反正講得越難聽越好，最好把它們全部激怒，讓它們全往土地廟衝過來，只要它們衝往土地廟，一切都好辦了。」

「好！讓那些臭石頭，見識一下什麼是伶牙利嘴！」「對！讓他們知道我們的厲害！」興奮的綠繡眼們衝出土地廟，快速地朝山上飛去。

最後一隻離去的綠繡眼停下來問：「土地公，你在打什麼主意？」

阿德指著往山下的路：「你看，這條路兩邊高、中間低，是一條天然的疏洪道，可以輕易的困住它們，只要那些土石往廟衝過來，就別想能離開這條路，到村裡作怪，只能順著路滑到山谷裡去。」

「但是，這樣一來，你的廟？……」

阿德若有所思的看著遠方說：「我管不了這麼多了。」

（三）

雨點一滴一滴的落在廟前的廣場上，越下越密、越下越大。不久，整個山林便籠罩在大雨之中，滂沱的雨聲夾雜著轟隆隆的怒吼，由近而遠的在山谷中迴盪、盤旋，地面輕輕的顫動起來，兩隻飛得較快的綠繡眼飛向阿德：「土地公，它們來了！它們來了！」

奔流而下的土石，匯集成千軍萬馬般的山洪，衝往阿德和他心愛的土地廟，阿德緊緊的握住枴杖，使勁往地上一敲，對著山上大吼：

「臭土石，放馬過來吧！」在大雨中，阿德就像一棵毫無畏懼的巨大神木。「來吧！」

一塊帶頭的大石頭，帶著無數的小石塊往阿德方向衝過來，阿德揮動枴杖，往大石塊敲去，巨大的石塊碰到枴杖後，碎裂成許多細小的石屑，阿德趕緊跳上另一個大石頭，像駕馭野馬般，將石頭轉向，往廟門衝去。綠繡眼則不停地在空中激怒石塊，阿德才喘一口氣，便又跳上遠方另一塊石頭，他的枴杖不停的在空中揮舞著，臉上出現大大小小的血漬，枴杖的頭已經裂成兩半，就在大雨磅礡的夜裡，阿德和綠繡眼並肩與急速衝下的土石們決一死戰。

幾個小時之後，雨漸漸停了，天空中的雲，像被擰乾的海綿，顯得輕巧、蓬鬆，風輕輕一吹，便飛得老遠老遠。乏力的土石，因失去雨水的助力，只能緩慢的爬行、喑咽，直到完全停止不動。扭曲不成形的土地廟，傾斜的躺在土石堆中，散落一地的紅瓦片，像一點一點的鮮血，綿延好幾十公尺。疲憊的阿德站在風中，看著被瓦解的土地廟，眼裡閃出勝利的光芒。村長和阿成撐著傘，四處勘察：「明天馬上找人來看蓋疏洪道的事；順便把我們家的檳榔樹砍掉一些，改種你說的那種樹。」阿成激動的說：「好！好！」

輕柔的晚風，吹散天邊稀疏的雲彩，閃亮的星光，慢慢浮現在漆黑的天際，阿成扶持著村長往回家的路走去：「爸，我們要再蓋一間土地廟。」村長點點頭，用充滿老繭的手抹去眼角的淚水：「一定要一定要，這次要不是土地公保佑……」

這時，彷彿遠遠的山林裡，隱約傳來，綠繡眼的歡唱和土地公阿德爽朗的笑聲，在這個星光燦爛的夏夜裡，土地公阿德拄著枴杖，決定帶著一大袋樹仔流浪去，流浪到所有需要樹木的地方。……

佳作

最後一根火柴

范富玲

得獎感言

生活是一面寧靜的潭，得獎的訊息就是投入潭中的石子，動人的漣漪雖終將淡去，石子卻長埋潭底。潭的生命因石的相伴而豐富。

感謝評審為我投石。

一

寒冷的北風呼呼地吹著，棉絮一般的雪花在空中飛舞。街道上一片靜寂，沒有一個行人，也沒有一輛馬車。在這個平安夜的傍晚，大家都回到了溫暖的家裡，準備和家人共同享用豐盛的大餐。

在一棟老舊的閣樓上，一個中年作家，正坐在窗前寫作，他皺著眉頭，望著窗外一片銀白的世界發呆。一片輕柔的雪花，飄呀飄，飄呀飄，飄到了窗玻璃上。作家望著雪花，看著它一片、兩片、三片……不斷地累積，最後，雪花變成了一個小雪球，嘩啦啦地往下滑落，瞬間就無影無蹤。

「有了！」作家興奮地拍了一下桌面，開始低頭拼命寫了起來。靈感這東西可真奇怪，作家在書桌前熬了一個下午，寫不出一個字來，方才那麼一個雪球由玻璃窗外滾落，就讓作家有了像泉水般源源不絕的靈感。

作家在稿紙上寫著：「寒冷的平安夜，天邊飄下一絲一絲的雪花，街上空盪盪的，只有一個赤著腳的小女孩垂頭喪氣的走著，她原本穿著一雙大拖鞋，但是在過馬路的時候，不小心遺失了……」

靈感像雪球一樣滾來，作家的筆在稿紙上發出「沙沙沙」的急促聲，彷彿下筆的動作一慢，靈感就會逃跑似的。作家繼續寫著他腦海中的童話故事：「……小女孩劃燃一根火柴，她看到了一個香噴噴肥滋滋的烤火雞。啊！小女孩忍不住流出了口水。火光熄滅了，烤火雞也失蹤了。她接著再劃燃一根火柴，很快地，她看到了一棵琳瑯滿目的耶誕樹，上頭的禮物，五彩繽紛，每一個禮物都是那麼地吸引人。火光熄滅了，耶誕樹也不見了。小女孩乾脆把懷中所有的火柴拿出來，一根接著一根地劃出火光，明亮的火光讓小女孩看到在天堂的祖母。『奶奶，請您帶我到美好的天堂去吧！我要永遠跟您在一起。』火熄滅了，祖母消失了。小女孩急忙掏出最後一根火柴……」

「叩！叩！叩！」有人在門外用力地敲著。

「誰呀？」作家不得不放下手中的筆，走去開門。

木門「伊歪」一聲打開來了，外面站著一個穿著毛呢長大衣的紳士。

「您好！請問安徒生先生在家嗎？」紳士說著，摘下頭上的呢帽，對著作家畢恭畢敬地行了個九十度鞠躬。

「找我有事嗎？」作家望著門外的陌生人詫異地問。

「您就是偉大的安徒生先生？」紳士又彬彬有禮地對作家敬了個禮，「我是皇家劇院的藝術總監，想邀請閣下參加下個月的舞臺戲劇『醜小鴨』的首演慶祝會。」

「沒問題。」安徒生開朗地笑著說，「既是演我的童話作品，我當然要捧自己的場囉。」

「謝謝！相信您的光臨，一定會讓這部戲更加轟動。」紳士說著，彎腰提起地上的一個木頭做的食物籃，並把它恭恭敬敬地送到安徒生的手上，「這是一點心意，我知道您忙著寫作，一定沒有時間準備耶誕大餐，所以就幫您帶了一些食物來，祝您有個美妙的耶誕夜。」

「啊？好香的食物。」安徒生驚喜地接過食物籃，「真是太感謝您了。我從一早就待在書桌前工作，外面又下著雪，不方便出去採買，正為晚餐發愁呢！」

「那麼，就請您盡情享用，我先告退了。」紳士鞠個躬，轉身下樓去了。

安徒生把食物籃放在房間的桌上，迫不及待地打開籃蓋，一堆豐盛的食物立刻出現在他的眼前。鵝肝醬、烤雞、烤麵包、義大利麵……各式美味應有盡有，分量之多，足足可以給三個人飽食一頓了，最棒的是，竟然還有一瓶美酒，這可讓安徒生興奮極了。下雪天吃烤雞、配美酒，真是人生最美好的享受。

安徒生工作了一整天，此時肚子正餓得咕咕叫。他一手扯下雞腿，一手抓起鵝肝醬往嘴裡送，一張嘴塞得滿滿的，吃得不亦樂乎。

「好吃！好吃！這輩子再也沒吃過比這更美味的食物了。」安徒生自言自語的說著，還趁著嚥下食物的空當，咕嚕咕嚕的仰頭喝酒，他喝得又急又猛，美酒就像河流一樣從嘴角溢流出來。

才一轉眼時間，食物全都進了安徒生的肚子裡，酒也喝得一滴不剩。

「真是一個快樂的耶誕夜呀！」安徒生剛說完這句話，「咚！」的一聲，就醉倒在桌上，呼呼大睡起來……

二

耶誕夜的街道，一片靜寂。賣火柴的女孩緊緊縮在街角，她的腳旁丟了一大堆燃燒過的火柴。此刻，賣火柴的女孩拿著最後一根火柴，正要把它劃燃。

突然，她瞥見安徒生不知何時已經把筆停下，起勁地吃著耶誕大餐。

「機會來了！這是一根具有魔法能力的火柴棒，劃燃了多可惜？我為什麼不趁著安徒生還沒把故事寫完之前逃走呢？也許我應該去世界各地玩玩。」

於是，賣火柴的女孩立刻把最後一根火柴放回口袋，展開她的冒險之旅。

賣火柴的女孩拿著魔法火柴棒，上天下地，想到哪個國家就到哪個國家；穿越時空，想到哪個世紀，就到哪個世紀。她去埃及看金字塔和木乃伊，到義大利參觀火山熔岩掩埋前的的龐貝城，也到古印度的寺廟參拜過悟道的佛祖。

這一天早上，賣火柴的女孩突發奇想，「我都是回到以前的世界參觀，不知道未來的世界會是什麼樣子？」

於是，她告訴火柴棒：「請帶我到一百年後的世界，隨便哪一個國家都可以。」

話一說完，賣火柴的女孩就來到了一個二十世紀的劇場裡。

舞臺上有一群人在排演一齣戲。一個身穿圍裙，頭戴三角花巾的漂亮女生蹲在舞臺中間，她的手上拿著一個嶄新的打火機，地上還有一大堆已經被用壞了的打火機，漂亮女生的臉上顯得十分悲傷。而她的身旁，有一堵假牆，牆內有七、八個穿著華麗衣裳的人，正圍著一張放滿大魚大肉的桌子，開開心心地邊吃邊聊天。

「啊！舞台上那個小女孩的裝扮、命運，怎麼和我那麼像？」賣火柴的女孩驚訝極了。

舞臺上的漂亮女生在假門上敲打著。

「誰呀！」正在吃著耶誕大餐的人們問。一個胖胖的女主人站起來開門，看到門外的女孩，現出一種厭惡的表情。

「有錢的大娘，請給我一餐飯吧！」舞臺上的女孩哀求著。

「哎呀！又是一個乞丐。真討厭！走開！」胖女人用力把門甩上，卻被女孩及時伸手擋住。

「大娘！我已經三天沒吃飯了。肚子好餓。」

「肚子餓是你家的事，干我屁事？」胖女人又要關門，還是被女孩擋住了。

漂亮女孩拿出打火機來，對胖女人乞求著：

「大娘，我只有這個打火機，和你換一碗飯好嗎？只要一碗飯就好了。」

「這個嘛！」胖女人接過打火機看了看，考慮了幾秒鐘，才勉強的說，「這個破爛東西，只值半碗飯。要不要隨你。」

「好。半碗就半碗。」女孩高興的說。

胖女人接過打火機，老大不情願的給了女孩半碗飯，女孩接過碗來，狼吞虎嚥，一下子就把飯扒光了。

舞臺上的燈光慢慢轉暗。

「好冷酷的世界！」賣火柴的女孩伸手去摸了摸口袋中的火柴棒，想起那個冰天雪地的故鄉，心裡一陣溫暖。

賣火柴的女孩決定出發到兩百年後的世界參觀。

她來到一所大馬路邊的學校，學校裡到處都是嘈雜聲，讓人感到十分煩躁。

賣火柴的女孩走到了一間教室外面。

教室裡的小朋友一個個像上了發條的機器人，蹦蹦跳跳全都坐不住。每個人的桌上都攤開一本書，書的右邊畫著一個滿臉大鬍子的男人，無精打彩地坐在書桌前發呆，課本的左邊一頁是片空白。

「書上畫的那個男人好面熟啊！」賣火柴的女孩自言自語地說，卻想不起在哪兒見到過那個男人。

賣火柴的女孩決定蹲在牆角偷聽他們上課。

學生太吵了，老師只好用麥克風大聲講課。

「安徒生原本有滿腦子的故事，打算寫出許多感人的童話給後人讀。可是，在某一年的耶誕節之後，他就突然寫不出東西來了。」

「幸好寫不出來！要不然我們會被逼著讀更多的書，哪有時間打架？」臺下的學生紛紛拍著胸口表示慶幸，腳卻不得閒，仍然你踢我一腳，我踹你兩下。

「課本上這篇『賣火柴的女孩』，就是他的最後一篇作品。不過，也不能說是最後一篇作品，因為他根本沒寫完。」臺下太亂了，老師只好把麥克風調得像打鼓一樣大聲，繼續上課，「據說安徒生寫到這裡就突然寫不下去了，不管他怎麼努力，就是寫不出這篇故事的結局來。」

「所以他乾脆就不寫童話故事了。」臺下有人高興地接口。

「他不是決定不再寫童話，而是堅持要把這篇『賣火柴的女孩』寫完才肯寫別篇作品。可是，儘管他一直想一直想，到了他臨終前的那一刻，還是無法寫出一個令他滿意的結局。」

「唉！看來，我把安徒生害慘了。」賣火柴的女孩心裡懊惱著。

「現在，讓我們幫安徒生把故事的結局寫完吧！」老師說。

小朋友們拿起筆，低頭在課本的空白頁上，開始畫起漫畫來，有的畫機器人打群架，有人畫飛碟對決，有的畫一大群星球在打戰。賣火柴的女孩發現，竟然沒有人願意用文字來接寫故事。

「想不到兩百年後的學校，竟然會變得這麼混亂！」賣火柴的女孩搖著頭離開了校園。

三

賣火柴的女孩失魂落魄地來到了大街上。

「叭！」突來的一聲喇叭，把賣火柴的女孩給嚇得跳了起來。

「叭！叭！叭！」接著又是三聲喇叭，把女孩的魂差點都給嚇掉了。

「嘰——」賣火柴的女孩腦袋還沒清醒，突然又有部車停在她身邊，從車窗探出一個頭來，罵著：

「搞什麼鬼？走得那麼慢？在馬路上散步啊？找死！」

「這是什麼地方，開車的人這麼凶？一點耐心都沒有。我還是趕快離開這裡。」

賣火柴的女孩走著走著，來到一個商場，商場裡萬頭鑽動，一片混亂。其中有個攤位還傳出吵架的聲音。

「你的貨不好，算便宜一點。」顧客說。

「嫌貨不好就別買，誰希罕賺你的骯髒錢？」老闆斜著眼。

「你這是什麼態度？敢說我的錢髒？看不起人。」說著，顧客往前一步，抓住老闆的領口，一拳揮過去。

「別以為我是懦夫。不給你一點顏色看看，不知道我的厲害。」老闆連著揮出三拳，一拳比一拳力氣大。顧客的牙齒一下子就掉了三顆。

顧客看到自己掉在地上的牙齒，立刻像瘋狗一樣撲上前去，兩個人倒在地上，扭打成一團。

周圍立刻圍滿了人群，賣火柴的女孩以為馬上就會有人出來勸架。可是沒想到，大家竟然紛紛拍手叫好，「加油！加油！」「打死他！打死他！」的聲音不斷的傳出來。

「這裡真是魔鬼住的地方。」賣火柴的女孩跑著離開這個商場。

她跑呀跑，跑呀跑，一路上都是橫衝直撞的人群，讓她心裡萬分害怕。她一口氣跑到一家商店前，才停下來喘氣。

這家店很奇怪，裡頭的人一個個排列坐在機器前面，一邊敲著機器的按鈕，一邊對著螢幕大叫：「殺呀！衝啊！」機器也不斷發出「轟隆轟隆」的爆炸聲。

賣火柴的女孩在旁邊看了不過幾分鐘，就覺得噁心想吐。

「喂！你要玩嗎？」櫃檯的老闆娘走過來，臭著臉說，「玩一局五十元。」

「我——」

「沒錢是嗎？沒錢就閃人，不要影響我作生意。」

「你好凶。」賣火柴的女孩忍不住說。

「凶？什麼叫作『凶』？大家都是這樣過日子的。」老闆娘不以為然。

「難道你們都沒讀過故事書嗎？故事書上只有惡人才會用這種態度對別人說話。」

「讀故事書？」老闆娘哼了一聲，不屑的說，「這個時代誰喜歡讀那幾本沒意思的書？大家都嘛玩電子遊戲，愈刺激暴力的軟體，愈受歡迎。」

「難怪我最近總是碰到一些粗魯無禮的人，原來大家都從電子遊戲學來的。」賣火柴的女孩恍然大悟。

「廢話少說，沒錢玩就快滾！」

老闆娘用力一吼，賣火柴的女孩嚇得摔了一跤。爬起來趕忙越過馬路，穿過市場，她一口氣跑到公園，坐在公園的鐵椅上喘氣。

「兩百年後的人好凶暴，真想念以前的生活。如果可以跟慈祥的奶奶住在一起，不知會有多麼的快樂！」賣火柴的女孩掏出口袋中的那根火柴棒，出神地想著。

「你手裡拿的是什麼東西？」一個幼嫩的聲音從旁邊傳來，賣火柴的女孩這才發現，原來旁邊坐了一個小男孩。

「你什麼時候坐到我旁邊來的？」賣火柴的女孩問。

「我一直都坐在這裡呀！」小男孩眨著亮亮的眼睛說，「我遠遠就看到你衝著過來，一屁股坐在我身旁。」

「原來是我太緊張了，沒注意到他。」賣火柴的女孩臉紅地想著，又看到小男孩手中的書和筆，忍不住好奇問，「你在公園做什麼？」

「我在找靈感寫作業，可是都寫不出來耶。」小男孩皺著眉頭。

「作業？可以借我看看嗎？」賣火柴的女孩接過小男孩的本子一看，正是安徒生未完成的童話作品「賣火柴的女孩」。

「我們老師要我們幫安徒生寫結局，可是我想了好久，都想不出該怎麼寫才好。」

「發揮自己的想像力去寫呀！」

「什麼叫做『想像力』？」

「想像力就是……」賣火柴的女孩一時說不上來，便說，「哎呀！你就去多看幾本故事書，故事書看多了就寫得出來了。」

「圖書館的故事書，我全看過了。總共也只有這麼多。」小男孩伸手比個跟肩膀差不多寬的長度。

「這麼少？」

「大家都沒空看故事書，所以圖書館就不買書了。」

「大家都在忙什麼？」

「玩電子遊戲和上網。」

「你呢？你玩不玩那些東西？」

「玩！當然喜歡玩。不過我更喜歡看故事書，」小男孩眼裡出現一抹神采，「只可惜有趣的故事書太少了。為什麼安徒生後來會寫不出童話呢？好可惜喔！」

「都是我害的。」賣火柴的女孩忍不住拍打自己額頭，罵著：「笨豬哪！」

「你說什麼？」小男孩沒聽清楚。

「沒什麼。」賣火柴的女臉紅地笑了一下，「我在想，為什麼你不像其他人那樣粗魯？可能是因為你讀過的故事書比別人多吧！」

「我聽不懂你的話。」小男孩一臉疑惑。

「不懂沒關係！這不重要。現在，我想幫你完成這個作業。」

「真的？」小男孩眼中亮起一抹希望的光芒，但很快就消失，「算了，這是不可能完成的任務。我們班的同學大家都想不出結局來。」

「我想，也許我可以幫助你完成作業，也順便幫自己脫離這個亂七八糟的社會。」

賣火柴的女孩說著話時，她的腦海中浮現了劇場中的胖女人、馬路上不耐煩的汽車司機、校園裡打打鬧鬧的學生、商場中打架的老闆與顧客，及凶巴巴的電玩店老闆娘，這些人讓她的頭皮發麻。

最後，她想起了慈祥的祖母，心裡覺得無限溫馨。考慮了三秒鐘，賣火柴的女孩終於作了決定。她把手中的火柴棒遞給小男孩，

「你只要把這根火柴棒劃燃，把你所看到的東西寫上去就可以完成作業了。」

「這是什麼？」小男孩問。

「安徒生那個時代的人用的火柴棒。」

「這真的是安徒生那個時代的人用的火柴棒？」小男孩驚喜地伸手接過火柴棒。

「嗯！用力劃一下，它就會冒出火花來。」賣火柴的女孩點點頭。

小男孩用力一劃，「哧……」一聲，賣火柴的女孩保存了許久的火柴棒，終於被劃燃了。

尾聲

就在最後一根火柴被劃燃的一剎那，耀眼的火光出現了。

賣火柴的女孩在火光中又回到了冰天雪地的故鄉。而趴在桌上昏睡的安徒生也醒了。

「啊！真是一個好覺！睡得舒服極了。」安徒生站起來伸伸懶腰，走到窗前，往閣樓下面的街道望去。雪已經停了，可是街道上的積雪有半個人高。

安徒生覺得心情很好，想起昨夜寫了一半的童話故事尚未完成。於是，他坐回書桌前，拿起筆來，接著寫：

「小女孩掏出最後一根火柴，火光中，慈祥的奶奶抱起她，她們在光芒的照耀中飛了起來，愈飛愈高，愈飛愈遠，終於來到了沒有寒冷，也沒有饑餓的地方。

第二天清晨，人們發現一個小女孩凍死在路邊的屋簷下，她的手裡仍然握著一把燃燒過的火柴棒，她的嘴角還露出一絲滿足的微笑。」

「終於把這個故事寫完了！」安徒生得意地把筆往天空拋去，嘴裡不禁發出快樂的歡呼。

下午，安徒生打算著手寫腦海中的另一篇童話呢！

佳作

小金豬

施養慧

得獎感言

從小就喜歡幫身旁的物件取名字，這會讓我跟它們產生一種親密的連結。《小金豬》是在我家上演的真實故事，能夠得到評審的青睞，對我而言是一種極大的鼓舞，也讓我更加確定，棄商從文是一項正確的抉擇。

第一章　太太，怎麼了？

所有的鬧鐘都是驕傲的，小金豬也不例外。因為一般的鐘錶都只能告訴主人現在幾點鐘？只有鬧鐘，不但可以告訴主人現在幾點鐘，還可以了解主人的意思，在最準確的時間叫主人起床，完成主人交代的任務。他們稱自己是「鐘錶的菁英」，關於這點，是完全不需要感到臉紅的。

鬧鐘的肚臍孔上共有四根針，時針和分針是用來向主人「指出現在幾點鐘」的一雙手；「響針」是讓主人用來設定鬧鈴的；還有一根最細、最有活力的針，就是鬧鐘的心臟——秒針，只要它不斷的跳著，就表示這個鬧鐘還活著。

小金豬是個金黃色的短腿鬧鐘，他一直就對自己的外衣還有小短腿感到驕傲。比起對面巷口塑膠黃那件不黃不紅的塑膠外衣，他覺得自己這件外套最亮眼了，只要站在陽光下，就會閃閃發光，讓人覺得很有朝氣！

除了會發亮的外套，小金豬還有「完美鬧鐘」不可缺少的一雙外八小短腿。他常想，只有那種中看不重用的傢伙，才會有一雙細長的腿。就連那個愛漂亮的張美美老師都告訴他們，腿是用來站穩腳步的，不是裝飾用的。更何況他們需要常常蹲馬步，有雙外八的小短腿是最適合不過的了。

小金豬從來不睡覺，因為鬧鐘守則第一條規定——「千萬不能打『千萬分之一秒』的瞌睡」。否則只要差個 0.0000001 秒，就會變成次級品，更何況是身為「鐘錶菁英」的他，怎麼能容忍自己有千萬分之一秒的誤差呢？還有，鬧鐘守則第二條規定——「除非主人把開關關掉，否則一定要叫到電池沒電為止。」

方校長就是全校師生的典範，據說他本來有個綽號叫金嗓子。有一次，主人出門旅行，忘了把他的開關關掉，讓他連續叫了三天三夜。最後不只叫到電池沒電，就連他那副金嗓子也叫啞了。每當想起這段往事，方校長就用沙啞的聲音，吃力的說：「咳！咳！孩子們，記住～咳！除非主人，咳！除非主人把開關關掉，否則一定要叫到電池沒電為止！咳！叫到電池沒電為止！」一想到方校長，小金豬就全身都熱了起來，尤其在寒冷的冬天早晨，他會抬頭望著又高又遠的天空，握緊拳頭，很認真的說：「我一定要像方校長一樣，做個盡責的好鬧鐘！」

今天是個大日子，主人娶太太了，小金豬決定要好好表現表現，讓太太留下一個好印象。

終於，六點二十九分了，他蹲好馬步，用力吸飽了滿滿的一口氣，漲紅著臉，一秒也不差的在六點三十分大叫：「鈴～鈴～」。當他正想換口氣，再來一次最響亮的叫聲時，太太突然從床上跳起來，用最快的速度把他關掉了。

小金豬傻傻的瞪著眼睛、張著嘴巴，不知道發生什麼事了？心裡有點害怕，小小聲的問著：「太太～怎麼了？」

第二章　失　業

小金豬被太太嚇壞了，他一整天都在想：「奇怪，主人每次都要我叫了將近三十秒的時間，才會醒來。太太怎麼只讓我叫了兩聲，就把開關關掉了？」

小金豬低著頭努力的想，想著自己是不是哪裡做錯了？他問自己：「是時間搞錯了嗎？」「沒有啊！絕對不可能啊！到主人家已經兩年了，我從來都沒打過那『千萬分之一秒的瞌睡』啊！」他又想：「難道是我叫得不好聽嗎？」「不，應該不可能！」他雙手插腰，皺著眉頭，嘆了口氣，又想「我連續兩年得到學校大聲公比賽冠軍，隔壁班的小蘋果還獻花給我咧！而且，主人不就是看上我的大嗓門，才把我帶回家的嗎？」

越想越納悶，好不容易熬到晚上，先生太太都回家了，小金豬豎起了耳朵，仔細聽他們在講些什麼？太太一進門就說：「你看，我買了什麼回來？」先生專心看著報紙，頭也不抬的說：「什麼啊！」

「你看嘛！」太太從紙盒裡拿出了一頭像玩具的乳牛。

低著頭，噘著嘴，小金豬偷偷從主人的背後看過去，「天啊！太太竟然買了一個鬧鐘回來！」他在心裡大喊著。

小金豬感到一陣暈眩，整整有三分鐘的時間，他的耳朵都聽不到任何聲音，只看到主人拿起那個乳牛造型的鬧鐘左看右看。漸漸的，他聽到太太的聲音，越來越清晰：「今天我被小金豬嚇得從床上跳起來，那種感覺實在太難受了，一整個早上胸口都悶悶的，好難過。所以我決定讓花花來叫我們起床！」「花花？」「對！她叫花花！」太太笑著說。「你聽，你聽花花的叫聲！」小金豬用力屏住呼吸，大氣都不敢喘一下。

他想：「我倒要聽聽看，這位花花到底是怎麼叫的！」

「咪咪發梭～梭發咪蕊～多多蕊咪．咪蕊蕊……」小金豬傻了！

這位小姐不用叫的，她是用唱的。想不到竟然有人用唱的，而且還是唱著這麼好聽的一首歌曲。他呆呆的愣在那裡，第一次知道什麼叫技不如人。他靜靜的看著主人和太太，腦筋一片空白，只覺得胸口隱隱作痛。

「很好聽耶！」連主人都這麼說了。太太得意的說：「這首歌叫〈快樂頌〉，美好的一天就是要從音樂開始，才會有愉快的心情去上班啊！我可不想再被小金豬給嚇醒！他的聲音聽久了，我會得心臟病！」

小金豬失業了，他在晚上偷偷的哭過好幾次，只要一想到太太那句話：「他的聲音聽久了，我會得心臟病！」心裡就一陣抽痛，要不是怕那個「新來的」看到，他的眼淚早就流成一條小河了。

他不懂，鬧鐘不就是用來叫人起床的嗎？不是叫得越響亮越好嗎？為什麼太太會嫌棄他叫得太大聲呢？如果叫得大聲是一種缺點，那麼學校為什麼每年還要舉辦大聲公比賽呢？

他用力敲了一下自己的頭，每次只要有事情想不通，他就會用右手，狠狠的往頭上敲。這個辦法很有效喔！通常多敲個幾次，他就會想通了。

突然左邊傳來一陣很小的聲音，他把耳朵貼過去，仔細一聽：「嗚嗚～」還有「嗯・嗯・」吸鼻子的聲音，他想：「ㄏㄡˇ～有人在偷哭。」轉過頭去，他實在不敢相信自己的眼睛，竟然是那個「新來的」在哭！

第三章　新來的

小金豬忍不住又敲了一下自己的頭，而且這次還敲得特別用力～ㄎㄨㄤ ㄑㄧㄤˋ。他想：「奇怪，哭的應該是我吧！我的工作都被妳搶走了，妳竟然還在哭？」看她哭得肩膀一直顫抖，怪可憐的，只好說：「喂！妳為什麼哭啊！」花花好像被他的聲音嚇了一跳，突然變成木頭人，動也不動，肩膀也不敢抖了。過了兩秒鐘，才擦乾眼淚轉過頭來說：「對不起，吵到你了。」

「沒關係，反正我也沒事做。不過，太太這麼喜歡妳，妳為什麼還哭啊？」「喜歡我？你說太太喜歡我？」花花吸了一下鼻子嗚咽的說。「對啊！太太就是喜歡妳的歌聲，才把妳帶回家的啊！」「真的嗎？」「真的啊！妳唱歌這麼好聽，為什麼還哭？」小金豬很誠懇的說。

「我第一次離家，想到爸爸、媽媽，就忍不住哭了起來。」「哎呀！每個人都一樣，我第一次離家的時候，也每天哭耶！不過，妳放心，大概哭一個月就好了。」小金豬用過來人的口氣說。「真的啊！哭一個月就好了？」「沒騙妳啦！有的人還只哭了三天就沒事了，不過我倒是哭滿了一個月才好的。」「謝謝你！你人真好，我叫花花，你是？」

「我是小金豬。」「小金豬你好！你來這裡多久了？」「兩年前我就來了，以前都是我叫主人起床的，自從你來了以後，我就失業了。」「吭～我、我、我不知道，對不起！」花花緊張的說。

「沒什麼，這也不能怪妳，只怪我自己叫得太大聲，把太太從床上嚇醒，她才會……」小金豬又想到太太那句「他的聲音聽久了，我會得心臟病！」忍不住又狠狠的搥了一下頭，好像要用盡所有的力量，把這句話從腦袋裡給敲出去一樣。

想起旁邊還有個花花，趕快抬起頭來，想不到她又快哭了，小金豬急著說：「喂！妳幹麼啊？」「沒有，我只是覺得很對不起你！」說完，眼淚就流下來了。小金豬趕緊搖搖手說：「沒有啦，真的跟妳無關啦。真的！請妳不要哭，這又不是妳的錯，是我自己嗓門太大了，不怪妳。」

從那天起，他們就變成好朋友了。雖然花花實在太愛哭了，但她真的是個善良的好女孩，不只歌聲溫柔動人，還常常鼓勵小金豬，不要灰心，好好照顧自己，將來主人一定還會重用他的。

第四章　花花的眼淚

自從跟花花成為好朋友以後，小金豬就不再感到悲傷了，敲頭的次數也減少了，媽媽如果知道這件事，一定很高興。她以前常說：「不要再敲頭了！越敲越笨！」但是怎麼講都沒有用，小金豬就是改不掉這個壞習慣。不過，現在的他已經進步很多了，大概一天才敲個一次，而且，昨天好像連一次都沒敲過喔！

今天晚上，月色很美，看著月光下的花花，小金豬想聊一些聽起來比較有水準的話題。他說：「花花，妳知道我最喜歡的書是哪一本嗎？」「哪一本？」「我最喜歡的是《怎麼叫才夠大聲！》」「對耶！你這麼會叫，一定對那本書很感興趣。」「你還看過什麼書啊？」看到她崇拜的眼神，小金豬說得更起勁了，他說：「我看過爺爺的《省電絕招》，因為爺爺是個胖子，電池很快就用完了，所以他寫了一本《省電絕招》，教大家如何省電。」「哇！你爺爺好棒喔！還會寫書。」

「我爸爸才棒咧，他寫了一本《更精、更準》，是全校學生都要讀的一本書喔！」「你們家的人都會寫書喔？怎麼這麼厲害！」

「沒什麼啦！」小金豬揚揚眉毛說：「將來我也要寫一本書。」

「真的啊？你準備寫什麼書呢？」「嗯！還沒想好，可能寫關於大聲公比賽的書，或者是如何站穩馬步的書。」「加油！小豬！你一定沒問題！」花花就是這麼可愛，從來就只會鼓勵他，不會澆他冷水。

過了一會兒，小金豬說：「時間到了，快點叫太太起床了！」

「咪咪發梭～梭發咪蕊～多多蕊咪．咪蕊蕊……」花花溫柔的唱著。

平常只要唱個兩句，太太就會起床了，今天她竟然啪～的一聲，把花花關掉了，然後轉身繼續睡覺。這可讓小金豬跟花花急壞了，但是根據鬧鐘守則第三條規定——「只要關掉開關，就絕對不能再吵主人了！」看著時間一分一秒的過去，小金豬急得猛敲頭，旁邊的花花，也早就淚流滿面了。

最後到了七點十五分，主人才突然醒來，結果他們連早餐都沒吃，就匆匆忙忙趕去上班了。

「花花，不要再哭了！那也不是妳的錯啊！妳已經準時唱歌了，是太太自己把妳關掉的，這怎麼能怪妳呢？」小金豬已經安慰她一整天了，可以想到的話也都講完了，她還是哭個不停，抽泣著說：「嗚～嗚～都是我不好，才會讓他們遲到，太太一定會把我換掉。」說完，就扯開喉嚨「哇～」大哭了起來。

小金豬現在才知道，女人的眼淚有多恐怖，簡直像瀑布一樣，根本就停不下來。其實他心裡還真的有點擔心，太太可能會再帶個新鬧鐘回來。失去主人的喜愛，是件多麼痛苦的事啊！雖然他已經習慣了，但是花花不同啊，如果真的被換掉，可憐的她怎麼受得了這種打擊？

不敢多想，只好默默的陪著她，慢慢等著夜晚的到來。

第五章　皆大歡喜

自從小金豬出生以來，第一次懷疑自己是不是走太慢了，怎麼今天過得特別慢？他跟花花核對過好幾次時間，好不容易才等到主人回來，花花的眼睛都已經哭腫了，就連太太從背包拿出一把梳子，都被她看成是新的鬧鐘。幸虧小金豬馬上提醒她：「別哭！那只是一把梳子！」否則她可能會不顧一切的大哭起來，當時她的雙眼已經充滿了淚水，眼淚抖著抖著，就快從眼眶溢出來了。

太太一直沒有拿出新的鬧鐘來，也沒提起早上遲到的事，他們只是一直聊著上班的事情，讓小金豬急得直冒汗。不論結果如何，他都希望快點知道答案，擔心了一整天，他再也受不了了！

終於，睡覺的時間到了，太太說：「唉！還是不得不承認你那隻小金豬的好處，有時候還真的需要他的大嗓門，才能叫醒我。」「對啊！花花雖然唱得很好聽，睡覺的時候，我根本就聽不到她的聲音。」主人這麼說著。「平常我是聽得到啦，只不過昨天太累了，早上聽到她的聲音，我想再睡個五分鐘就起床，誰知道一睡就睡過頭了。」

聽到這裡，小金豬心裡撲通～撲通的直跳，「太太竟然讚美我了，難道她又要讓我工作了？如果是真的，那就太好了！可是，這樣一來，花花怎麼辦？」果然，跟他想的一樣，花花的淚水已經流到下巴了，再過0.01秒，就會滴到桌上了，趕緊對她說：「別怕！無論如何，我一定會保護妳！」

太太又接著說：「不過，為了避免再被小金豬嚇醒，從明天起，我決定讓花花在六點三十分唱歌。如果我還起不來，就讓小金豬在六點四十分叫我們起床，怎麼樣？」太太對自己這麼聰明的安排，感到非常滿意，先生也點點頭說：「對嘛！我早就說過小金豬……」

主人的聲音越來越模糊，因為後面的話已經不重要了，小金豬微笑的看著花花，她真的哭了！不過這一次，她流的是高興的淚水。

佳作

驚奇的作文

謝鴻文

得獎感言

做校長出的作業——圈點《說文解字》，隨著夜深，漸感眼花腦鈍，所有的文字都開始像群魔亂舞，我終於放下紅筆。奇妙的幻想卻因此發生。

拯救古老文字的寓意，也含著對文字的尊敬，這是多年涵泳文字，閱讀與創作不變而堅貞的心情。

中國文字的豐富美麗多義，在童話完成後，我發現，原來，我已著了文字的魔。

小宇這學期剛轉入和平國小，開學後不久他的一篇作文就像一顆原子彈，炸得全校大亂。

到底那是怎樣厲害的一篇作文，小宇寫了什麼，故事要從上週末說起。

上個週末是開學後的第一個放假日，三年級的小宇他們班楊老師出的回家作業除了國語生字造詞，還有一篇作文，題目自己訂。楊老師發下作文簿後，再叮嚀了一聲：「星期一回來上課時要交喔！」

放學時候，小宇的媽媽開車來接他回家。小宇坐在前座，繫好安全帶後就不再說話。媽媽注意到小宇的反應，左手操控方向盤，右手伸過去摸摸小宇額頭：「你怎麼了?是不是身體不舒服?不說話很不像你。」

「媽媽，我沒有發燒啦!我只是在想要怎麼寫作文。」小宇回答說。

「以前已經給你補習作文了，怎麼還問這種問題？」媽媽滿臉疑惑，轉過頭問小宇。

「這次不一樣，這個新學校的老師沒有出題目啊！老師要我們自己選題目。」

「那不是更簡單，你想寫什麼就寫什麼。」媽媽摸著小宇的頭，笑了一聲。

「可是，我想寫一篇很特別很特別的作文，讓老師和同學喜歡我。」

「班上同學不喜歡你、欺負你是不是？等一下我打電話跟你們楊老師講。」媽媽的笑臉忽然又變得兇巴巴，讓小宇看了都害怕。

「班上同學對我都很好，今天坐在我前面的雷鳴遠還請我吃餅乾。他說那是他叔叔從國外帶回來的，鹹鹹的，很好吃。」

「既然這樣，那你就不用煩惱，只要認真就能寫一篇很特別的作文，讓大家更喜歡你了。如果你寫好了，明天看爸爸有沒有空，我們一起去動物園玩。」

「那……我能不能去動物園回來再寫？題目就用動物園遊記，好不好？」小宇用手搖著媽媽，撒嬌地說。

「媽媽在開車，你坐好，別亂動！」媽媽停頓了一會又說：「隨便你，只要你星期一能交作文就好了，我和爸爸不幫你想喔！」

「這一次我一定會自己想出來的，我要寫一篇很特別很特別的作文。」小宇充滿信心的向媽媽保證。

當夜晚降臨，小宇想先把國語生字造詞寫完，要開始寫的時候才發現參考書還放在學校裡，不能直接抄參考書上的造詞了，只好自己去查字典。可是，任憑他找遍了房間，他的字典就是找不到。

小宇急急忙忙跑去客廳，爸爸媽媽正在一起看電視。他跑得很喘，結結巴巴的問媽媽：「媽媽，你……有有……沒有看到我的小學生字典？」

「是不是黃色封面那一本，前幾天幫你收拾書桌還有看到啊，一定是你自己又亂放，忘記放到哪裡去了。」

「我記得早上拿書包時看到還在書桌上，怎麼就不見了，難道字典會自己長腳走路？」

「哈哈哈，你想像力太豐富了，」爸爸這時說，頭也不回，眼睛依然盯著電視螢幕：「要再找不到，去爸爸書桌上拿那一本黑色封面的辭海。」

小宇應了一聲「喔」，抓一抓腦袋，還是搞不清楚，為什麼字典突然不見了？

爸爸書桌上那一本辭海，厚厚的像好幾塊磚頭疊起來，小宇第一次用這種大人的字典，心裡掩不住的興奮。彷彿捧著一個寶物，小心翼翼走回房間。

小宇坐下來，隨便翻了一下。第二百一十二頁，口部，他看見一個奇怪的字「斝」，念做ㄐㄧㄚˇ。字典裡的解釋是說：古代獻酬用的一種青銅酒器。

小宇看了一會，覺得很有意思，一邊在想「斝」長得什麼樣子。

他忽然想叫爸爸媽媽明天改帶他去故宮博物院，不要去動物園了。

於是他又衝出去客廳，「爸爸——」他還沒把話說完，就先被爸爸插話：「你沒找到字典是不是？在書桌左邊靠近檯燈的地方。」

「不是啦！爸爸，我是想問你，明天能不能帶我去故宮博物院。」

「老師又叫你們去看什麼展覽了是不是？真傷腦筋！現在老師怎麼那麼愛出這種作業……」爸爸自言自語念個不停。

「咦，你明天不想去動物園啦！」媽媽吞下一顆紅色小蕃茄，問小宇。

「我跟你們說，我剛剛在查字典，看到一個好有趣的字，斝，一種古代……古代喝酒用的……」

「你在說什麼真的、假的，我都聽不懂。」爸爸說。

「反正明天去故宮博物院就可以看到斝長什麼樣子了。」小宇說，轉身回房間。爸爸媽媽都還沒答應去不去故宮博物院，他已經高興的像馬上要出發。

「這孩子真是越來越怪了，以前不管帶他參觀什麼博物館，他都說好無聊，現在居然自己提要去博物館，而且不是為了寫作業，真是太反常了。」媽媽看著爸爸，說了一串話後，爸爸也給了他一個不懂的表情，然後說：「既然孩子有興趣，就帶他去看看，我也很想知道他說什麼真的、假的長什麼樣子。」

小宇再回房間，仍然沒有急著寫作業。他準備要將字典往下翻時，隱隱約約聽見一個細微的聲音：「你在看我嗎？」

小宇嚇了一跳，左看右看，沒有人呀！他一低頭，竟看見那個「咠」字，居然站了起來，對著他說：「你在看我嗎？」

「是……是……你在跟我……說話嗎？」小宇張大嘴看著「咠」說。

「你不要怕，就是我，我是要跟你說謝謝的。」「咠」的兩個嘴巴微笑著說。

小宇呼了一口氣，鎮定的問：「為什麼要跟我說謝謝？我跟你今天才認識，又沒有幫你什麼？」

「雖然我們今天才認識，但是你真的幫我一個很大很大的忙，你是我的救命恩人哪！」

小宇愈聽愈好奇，他雙手撐著下巴，和「咢」像朋友一樣聊了起來。

「我們字典裡很多字，現代人幾乎都不知道，就算是很會寫文章的作家，也不一定會用。像我，只能出現在博物館展示品前的看板上，告訴人家古人有這樣一個字，可是就算看過，也很少有人能念出正確的注音。所以，我們只能整天躲在字典裡，時間一久，都沒人翻開看過，我們就成了蛀蟲毀滅的目標。我已經九百九十九天沒被人看過了，蛀蟲已經放話恐嚇說一千天後，要是再沒有人看我，我可能就要被蛀蟲吃掉了。今天若不是你……」「咢」說完又閉起它的兩個嘴巴，感動的像要哭泣。

「你不要哭，不要哭，哭了字典就濕掉，我會被我爸打的。」

「好，我不哭，我真的感謝你的救命之恩；不過，你能不能好人做到底，再幫幫我其他字朋友？」

「可是……」小宇陷入猶豫思考。

「你擔心字太多，又不知道哪些字很久沒人注意是不是？」「㽞」問，小宇點頭。

「這個你不用擔心，我告訴你一個辦法……」「㽞」正要接著說時，爸爸突然在門外敲門：「小宇，你在跟誰說話？」

小宇一慌，左手肘把自己的鉛筆盒掃到地上，小宇還來不及撿，先對「㽞」比了一個噓的小聲手勢，然後回答爸爸：「沒有啦！是電腦語音。」

「你趕快寫作業，別玩電腦遊戲了。」爸爸說完，就走開了。

小宇走到門邊，偷偷地把門開出一個縫，看見爸爸往房間走進去，放了心，就把門鎖住，回到書桌前。

「你剛剛說有什麼辦法？」

「㗊」並沒有馬上回答，而是先說他們字的辛酸，它說：「自從網路流行後，現在的小孩真是糟糕，常常用那些網路的流行話或者符號，取代了我們這些字，很多人更是連字典都不碰了，害我們在字典裡沒被蛀蟲吃，也可能先悶死了。」

「我現在都沒有用喔！我二年級上作文的老師好兇喔，有一次我把一個同學的書包『很漂亮』寫成『很ㄅㄧㄤˋ』，就被打一下手心，還被撕掉重寫。還有一個同學把「媽媽我愛你」寫成『媽媽520』，被老師罰寫一百遍，寫到她手痠就哭了。現在我們很多同學也常常這樣寫，楊老師只是叫我們擦掉重寫。」

「你現在應該知道我們有多麼難過了吧！」「㗊」說。

「我要怎麼幫你們，你趕快說嘛！」

「㗊」慢慢地挪動它的身體，走出字典，站在小宇書桌上：「我們字典裡有超過一百個部首家族，至少一萬字以上的成員，每個部首家族裡誰很少被使用了，都由排在第一個的字老大做紀錄。因此只要把每個部首家族第一個字老大叫起來，查一查紀錄，就知道誰快變成蛀蟲的食物了。」

「那我要怎麼叫那些字老大出來呢？」

「罕」念了一段小宇聽不懂得咒語後，所有部首家族的字老大都一一走出字典來，「一」、「工」、「日」、「火」、「車」、「鳥」……見了面都有禮貌的互相鞠躬作揖。「你們家族還好吧，有沒有字被蛀蟲吃掉了？」「『黽』兄啊，你雖然是字老大，但也要想辦法讓人類多多使用你，不然你們家族最後只剩一個『鼇』活著，那就太可憐了。」「『龠』老弟，謝謝你的關心，你也好不到哪裡去，你家族也只有七個成員，我聽說每一個都快破一千天沒人使用了，你們要當心哪！」「我們『金』家族中的『鍪』，已經九百九十八天沒人注意了，本來我還擔心他的安危，沒想到昨天有個五金行老闆，居然用這個字給他新生的兒子取名字，呼！好險！」部首家族字老大的聚會，讓小宇房間一下子變得熱鬧異常。小宇第一次看見一群字用站的方式聚集，他覺得很新鮮有趣，遂下定決心幫他們忙。

「剛好我要寫一篇作文，那你們快叫那些很久沒人使用的字到我作文簿來。」

「咠」說：「我就知道你會幫這個忙，你是我們的救命恩人，我們崇拜的小英雄。」

小宇害臊的臉紅起來，抓抓自己腦袋說：「我不是什麼英雄啦！」說罷，他從書包裡拿出全新的作文簿，慎重地打開，取出一隻削尖的鉛筆，「我要開始寫囉！」

部首家族老大之間響起一陣歡呼，然後紛紛跳回去字典裡，準備帶自己家族那些可憐沒人想用的字出來。

當它們都回去通知消息時，小宇想起一個很棒的題目：「拯救文字奇遇記」。他開頭就寫自己今天晚上發生的故事，越寫速度越快，好像風在吹落葉，咻咻咻，一下子就一堆文字填入作文簿的空格裡。

他一邊寫，部首家族老大帶來的字一個接一個走出來，又攜手走入小宇作文簿裡，好多他連看都沒看過，更不用說知道怎麼念。小宇根本連意思都不明白，那些字都已自動排在適當的空格位置，結合成句子。

小宇從來不曾一次寫這麼多字，奇怪的是他還不覺得手痠。時間一分一秒的過去，已經晚上十點多了，爸爸這時又來敲門：「小宇，該睡覺了，不然明天爬不起來，就別想去故宮博物院了。」

小宇對著門外喊：「爸爸，我作文快寫完了，寫完我就會睡了。」

小宇的作文「拯救文字奇遇記」，經過三小時又三十分鐘，終於寫完了。他居然把整本作文簿都寫滿了。他滿意的吐了一口氣，然後蓋起作文簿，站起來伸伸懶腰，「耶！可以睡覺了！」他連澡都沒洗，牙也沒刷，咚一聲跳到床上，便呼呼睡著了。

一夜好眠，隔天醒來，天還沒亮。小宇有一點憂慮，害怕昨天晚上的奇遇只是一場夢，趕緊去翻開作文簿，他還算工整的筆跡，寫滿整本作文簿，一大堆不認識的字都還在。小宇心安定下來，他清一清喉嚨，嘗試念出自己所寫的「拯救文字奇遇記」：「我從爸爸案牘之上取得字典之後，我有了無比的信心，像是拿到一把刀，砉然一聲可以分開骨和肉。振筆疾書之際，乍見一個乜斜眼睛看著我的字『罕』，它挨噌地央求……」

小宇很吃力的念，遇到不懂的字就去翻字典，每翻看一個字，他都覺得那個字正在對他微笑。

「嗯，這篇作文一定會讓老師和同學嚇一大跳。」

小宇要從椅子上站起來，身體感覺飄飄然，腳卻重重地踢到什麼東西。他彎腰一看，呵，是他昨天晚上找不到的小學生字典，原來藏在桌子底下。

小宇把自己的字典和爸爸的字典放在一起，收拾好作文簿，又回頭去睡覺。

又是一個星期開始。小宇週末的奇遇記，很快在班上傳開來，大家都想親眼一睹那篇有如神助完成的作文。只有楊老師還不清楚同學在議論什麼事，不過當天晚上她回家改作文時也發現了。楊老師從沒讀過這樣的文章，卻沒有懷疑是抄襲，她只是分辨不出好還是壞，更不知道如何打分數。她打電話給幾位學校裡資深的老師，大家都恭喜她，說她班上出了一個作文天才，明天升旗週會，還要請校長表揚呢。

所以，「拯救文字奇遇記」得到了不可思議的一百分。小宇瞬間變成轟動全校的作文小天才，連電視台記者都要來學校採訪，還有一個大學中文系說可以讓他以超級資優生跳級進大學就讀一年級。

對於突如其來的榮耀，小宇一點也不高興，因為他知道自己不可能再有奇遇，也寫不出像「拯救文字奇遇記」那樣的文章。

相較之下，書店和出版社的老闆卻是笑呵呵的，因為大家紛紛去搶購字典了，甚至康熙字典也重新被人關注，字典賣到缺貨，真是和平鎮有史以來第一次。

佳作

對話者

林慧美

得獎感言

心中所想原本只是幻象，藉著書寫，卻能化幻象為孩子們愛聽愛讀的故事，貼近他們的生活，成為他們的知己，就是因為這樣，我覺得——能夠書寫真是幸福，更幸運的是，我正享有和孩子成為知己的幸福！

故事要從我的叔父莫森說起。他有點怪癖，一襲黑衣，遇到鄰居，從不打招呼。出門時，他總戴一頂樣式普通的黑帽，帽沿壓得很低很低，彷彿室外的光線會讓他溶化一樣。

有段時間（大概是我十歲左右），莫森叔父以他那陰森的氣質贏得我全部的好奇。我經常偷偷摸摸跟在他的身後，觀察他的一舉一動、一言一行。就是在那段期間，我發現當他在晴天出門時，手上還會拿著一把黑雨傘，若是有人不識趣的跟他問好，他就低頭假裝修傘，迴避那人的眼光。至於雨天，因為別人都拿著遮蔽視線的傘，莫森叔父反而空著兩手出門，一副輕鬆的模樣。

有段時間（大概是我十一歲左右），不知是不是因為看了太多福爾摩斯探案與亞森羅蘋，我曾經懷疑，莫森叔父若不是伺機盜取國家機密的外國間諜，就是兩手沾滿血腥的殺人兇手，為了躲避當局的追緝，才要這樣陰陽怪氣的掩人耳目。但是，任憑我如何處心積慮的尋找證據，都找不到有關他犯罪的蛛絲螞跡。

有段時間（大概是我十二歲左右），一定是因為看了太多鬼怪與外星電影，我竟懷疑莫森叔父不是這個世界的人，也許是吸血鬼，也許是外星人。為了澄清我的疑慮，我把整斤的蒜頭放進他的風衣口袋，打算讓他當眾現出原形。沒想到，他竟吃起那些白白胖胖的蒜頭，還嘟囔著：「多吃蒜頭有益健康」、「好辣」、「好過癮」這些話。看來，我在無意中證明了莫森叔父是一個不折不扣的蒜頭迷，也許這正是他平日沉默寡言的原因。

只剩下一個可能了，莫森叔父一定是個外星人，或者是某個外星人佔據了原來那個莫森叔父的軀體。天哪，好可怕，莫森叔父真可憐（我是說原來的那個），我一定要替他報仇。

但是，憑我一個小孩子，哪裡會是外星人的對手？考慮再三，結論是我需要幫手。找誰好呢？學校裡的同學不是只知道迷偶像，就是只會打彈珠，我信不過那些小毛頭（雖然我媽也叫我小毛頭）。我想過把這件事跟爸或媽說，但是爸他公事太忙（這是爸跟媽說的），我媽呢?她絕對不是個好的幫手,她的話太多,興趣又太狹窄,凡是和分數扯不上關係的,她都不感興趣。

唯一可能幫我的,也許是我那不分春夏秋冬,老是在勾毛線衣、毛線帽或毛線手套的祖母,因為她一向好脾氣、有耐心,從小不管我打破什麼東西、作弄什麼動物、和什麼人打架,祖母一概不動怒、不發火,她只會緊緊的擁抱我,吩咐我下次小心一點。所以我想我可以放心大膽的把莫森叔父的遭遇告訴祖母,讓她打電話給國家安全局,或者聯合國的星際犯罪防治所(如果有這種機構的話),叫他們(誰都好)來逮捕那個假冒我叔父的外星人,否則有可能我們全家人都會被外星恐怖組織給「佔領」。

打定主意之後,我趁著祖母喝下午茶的時候(祖母年輕時曾經留學英國,這是她的英國習慣),儘量以平穩冷靜的口吻告訴她有關莫森叔父的事。在我敘說的時候,不曉得是不是被我嚴肅的態度所感染,祖母臉上的笑容逐漸消失,手上攪拌紅茶的湯匙也停在空中,忘了它的任務。

在祖母沒有開口之前，時間彷彿凍結了，她的臉上毫無表情，一點也不像她平常的樣子。「糟了，會不會祖母也被外星人給佔領了？」我的腦袋瓜裡突然閃出了這樣一個驚悚的念頭。

就像看穿我的心事一樣，祖母臉上的笑容在下一瞬間突然綻放。與笑容同時，她爆出了前所未來的高分貝笑聲：「呵……呵……呵」

她笑到彎腰，笑到咳嗽，笑到岔了氣，不管我在旁邊被嚇得臉色蒼白。我正想奪門而出，「哦，不，」她卻開口了：「寶貝，你真的以為你的莫森叔父是外星人假扮的？」我傻傻的點頭。

「別怕，寶貝，我不是外星人假扮的，莫森也不是，雖然他真的是蠻怪的。」祖母說接著說：「你今天來告訴我的這些話，證明你是個膽大心細、觀察力敏銳的孩子，不像你的父母那種不可救藥的遲頓，好吧，我不該在你面前批評你父母的缺點，現在我收回有關你父母的那句言論，直接回到重點。」

在我瞪大的眼睛注視下，祖母的表情完全恢復了正常，但是她所說的話卻很「不正常」。她說：「寶貝，如果我告訴你實情，你聽完之後，就得決定是不是願意加入我們……莫森，你同意吧？」

在此同時，祖母的眼光越過我，看著我的身後，我不由自主的隨著她的視線轉過身去，看見黑衣的莫森叔父正站在門口。我的心跳急劇加速，天啊，事情怎麼會變成這樣呢？

叔父走到我的身後，蒼白而粗大的指頭擱在我肩上，寒冷的感覺貫穿我的全身。祖母的聲音像越過冰原一樣傳進我的耳朵：「莫森，摘下你的帽子，給我們的寶貝看看你的腦袋瓜子有沒有被外星人開了一個洞？」

莫森叔父遲疑著，但是他終於抓著破舊的帽沿，把它舉了起來，就在那一瞬間，我看見莫森叔父整個人飄到了天花板上，手裡抓著帽子，臉色雖然像平日一樣慘澹，眼神卻像貓頭鷹一樣神氣而敏銳。

「寶貝，看——」祖母怕我昏倒或逃走似的，摟著我的肩膀，輕輕的說：「你的莫森叔父如果拿下他的帽子，就能在空中行走哦！你想不想像他一樣？別怕，我們不是鬼，也不是外星人，只不過，不是平常人。我們會一些平常人做不到事情，像你莫森叔父，他會『對話』、飛行、隱遁……」

「你們是巫師！」驚魂未定的我下意識的做了這樣的判斷。

「的確，一般人都以這個名字稱呼我們，但我認為應該做個區隔，以魔法為自己做事的才叫巫師，若是像我們這樣，只為維持『自然』而施法，我個人比較喜歡『對話者』這個稱呼。寶貝，你就要十三歲了，對一個初學者而言，這個年齡已經不算小了。現在，你決定怎樣？加不加入？」祖母說。

「什麼初學者？加入什麼？」這件事對我而言，非同小可，我非得弄個清楚不可。

「你放心，只不過是加入『對話者』的行列而已，一般剛入門的都是做這個。」祖母說：「你同意的話，還可以指明由莫森親自來指導你。」說完，她向還在天花板上的莫森叔父做了一個手勢，只見後者緩緩的戴上帽子，然後飄回地板上。

我的頭因為看著叔父的動作而從上往下移，也許看起來就像點頭一樣。因為，接下來是我被叔父和祖母熱情的擁抱，祖母還一面擦著眼淚，一面說：「太好了，太好了，歡迎你加入我們的行列。」

從此之後，我不明不白的成了所謂的「對話者」，並且由我的叔父指導我所有的入門功課，方法是跟著他到處閒逛，找尋練習「對話」的對象。

我學著莫森叔父的樣子，蹲在牆腳或路邊，像傻瓜一樣盯著一隻蝸牛或其他的什麼東西看。「試試看，打開你的心眼，它的位置就在兩眼中間偏上一點。」莫森叔父說。

「心眼？」我懷疑自己看了十三年的臉上會有那樣的東西。但瞧叔父的模樣，又好像是真的。他在一個爛泥坑邊和一群蝌蚪「對話」，一群蝌蚪圍在他的腳邊，好像正在「投訴」什麼的模樣，叔父和牠們嘰嘰咕咕的「對話」一陣，蝌蚪們就高高興興的游走了。後來，我問他到底和蝌蚪們對話什麼，叔父說：「有些蝌蚪急著變青蛙，我勸牠別操之過急，有些又想永遠當蝌蚪，我只能告訴牠那樣違反自然。」

不只是動物，莫森叔父連植物都能「對話」。我們有次經過一棵變葉木旁時，他突然停下腳步，用一種奇怪的語言和它咕噥半天，然後叫我用手把變葉木旁的泥土挖開，發現那兒有個生鏽流汁的爛電池，叔父叫我帶走它。臨走之際，叔父還回頭對變葉木說了一聲：「不謝！」叔父告訴我，變葉木說那爛電池一直讓它覺得不舒服。

「植物又沒長嘴吧，怎麼說話？」我問。

「寶貝，記得我跟你說過『心眼』吧！只要你能打開自己的心眼，就能把自己的頻律調得和別的生物一樣，頻率一樣的生物，基本上溝通都沒有問題！」莫森叔父兩手撫著自己的額頭，再次向我確認心眼的位置。

「我想我可能永遠沒辦法打開它！我猜我沒有那種慧根——」我悲觀的說。

「別急，寶貝，只要花時間，花時間……」莫森叔父說。怪異的是，他在說這句話時讓我有不同於以往的溫柔感覺。

時間流逝，在我跟莫森叔父學習當「對話者」的兩個月後，有一晚，在莫森叔父的客廳裡，我聽到了一個怪異的沙啞聲音，聽起來像是從一個發作的氣喘病人的喉嚨裡發出來的：「呼……呼……呼……」

莫森叔父不在，我只好鼓起勇氣問：「誰？誰在外面？」

那聲音越來越響了，「呼……呼……我……」伴著聲音而來的，是室內所有垂掛的東西一陣搖晃，長春藤、窗簾、風鈴，全都不例外。然後，我感覺有個濕濕冷冷的東西摸著我的臉頰，握著我的手臂。

「打開你的心眼！」當我被那東西嚇得要死之際，我彷彿聽見莫森叔父說過的這句話，「對，別怕，集中精神。」

鼓起勇氣之後，很神奇的，我看見那「意外的訪客」了。它，白濛濛、輕飄飄的，「對了，一定是霧！」我心裡想。

「是霧先生嗎？」我小心翼翼的問。

「你搞錯了，我才不是霧那個娘娘腔的傢伙。看清楚點，我的身材比他結實一百倍，臂力比他強一萬倍！我……呼……呼……我是風！」我的訪客用含糊不清的聲音氣呼呼的說，屋內的垂掛物又是一陣亂搖，看來他的心情不太好。

不論如何，我的心眼有些作用了，這讓我非常振奮，再度鼓起勇氣詢問我的訪客：「風先生，抱歉，剛才錯認您了，請問我能為您效勞嗎？」

「莫森不在嗎？你這個小毛頭是誰？咳！咳！」風說。他的話依舊含糊不清，我只能大約的猜一猜。

「他恰巧出去辦點事，我是他的侄子。您的喉嚨裡好像有痰，著涼了嗎？」我儘量客氣的回答他。

我的訪客嘆了一口氣，告訴我：「就是因為喉嚨不舒服，我才來找莫森幫忙的。我想他有辦法治好我的嗓子！」

正巧，這時莫森叔父拿著他的黑雨傘走進來了。他一點也沒有被客廳裡的怪客人嚇到，還很難得的拿出平常很少見的熱情和客人寒暄：「好久不見，老季，今天怎麼有空來？這個季節，你不是該去看你的櫻花妹妹嗎？」

風先生垂頭喪氣的說：「天知道，我也想早點去見她，但我在南太平洋得到這怪病，嗓子全啞了，我本來的好歌喉全不見了，會破壞櫻花妹對我的好印象的。」

莫森叔父深表同情的點了點頭，說：「老季，讓我看看你的喉嚨！」那團白色的大個子果真張大了嘴吧，讓莫森叔父檢查：「現在，發幾個音讓我聽聽！」

「ㄉㄡ……ㄖㄨㄟ……ㄇㄧ……」老季開始發音。

「說實話，老季，你最近沒過份使用喉嚨嗎？我看你這毛病多半是大吼大叫的結果，前不久，風家族在南太平洋那場聚會，你也參加了吧？」

「我，我，……」風先生說：「我是被老颱強迫的，他說，如果我不去，他會讓我這輩子再也見不到櫻花妹！」

「颱風那傢伙的話你也聽，你不曉得他常『澎風』嗎？再怎麼說，你也不該助紂為虐的！活該，你們大吼大叫，現在嗓子啞了，我該放著你不管才對。」

「莫森，我知道錯了，看在老朋友的份上，你就幫我醫醫吧！」季風哀求著，裝出一副可憐樣。

莫森叔父板起臉：「你們這樣胡搞不是第一次了，這回我不會再上當了。」

話雖這麼說，但莫森叔父不知是硬不起心腸真的不管那苦苦哀求的風，或是受不了背後老是有個黏黏濕濕的傢伙跟著到處走，總之，在天色變黑之前，他便充當起這陣風的醫生來了。

莫森叔父讓我當他的助手，他叫我緊緊按著季風先生的肚子，不管發生什麼事都不能鬆手，然後叫那傢伙張開嘴，他自己則脫下帽子飄了起來，然後一溜煙的從那傢伙的嘴裡鑽進去，活像一條泥鰍似的。

我用全身的力量壓在季風先生的肚子上，只聽到裡面一陣乒乒乓、乓，好不容易全身濕答答的莫森叔父才從季風的嘴巴裡露出頭來，他叫著：「寶貝，你閃一閃，我找到老季嗓子啞的原因了……」說完，他兩手一抬，天啊，一隻短吻飛旋海豚跳了出來，還是活的哩！

「ㄉㄡ……ㄖㄨㄟ……ㄇㄧ……」老季迫不及待再度試音：「好了，好了，我又可以唱歌了！」

莫森叔父卻不像老季那麼高興，他說：「一定是你和老颱在海上大吼大叫，才會把這隻小海豚吸進你的喉嚨裡，現在我們得立刻把牠送回去，否則牠會沒命的！」

「怎麼送？大海在好遠好遠的地方！」我問莫森叔父。他說：

「這海豚太重，你得幫我抬著牠，我才能送牠回大海！」他剪來一段祖母編織所用的毛線，把兩端分別繫在我的手腕和他的手腕上，「這毛線上的魔力，會讓同心的兩個人永不離散，待會兒，無論遇到什麼，放心好了，我們兩個都會黏在一起的。」他說。至於老季呢？他答應送我們一程，至少會幫我們分擔一點小海豚的重量。

做完準備工作後，莫森叔父打開他的黑雨傘，忽地，我的眼前一片漆黑，腳下的地像加入奶精的咖啡一樣開始旋轉，等我能看清周圍的景物時，只見夕陽斜照，四周波光粼巡，我們已經在蔚藍的大海中間。我和莫森叔父一起大喊：「一、二、三！」然後手一放，那海豚就回家了。

工作完成了，莫森叔父再度打開他的黑雨傘，把我們叔侄倆一起送回了溫暖的家。老季呢？我相信他現在已經在東北亞陪著他的櫻花妹了。

經歷了這些事，我想我已經愛上了「對話者」這個身份。莫森叔父也答應我，等我再熟練一點，就可以像他一樣，擁有飛行帽和隨意傘。到時，我可得選時髦一點的花色和式樣，免得像莫森叔父一樣變成大家眼中的怪胎！

佳作

魁星樓的多多

黃秋芳

得獎感言

寫得獎感言時說感謝最俗氣。可是，我真的謝謝林文寶老師，他在我繁複的生命追尋裡發現，也許我會成為Something；更感謝教我寫童話的Somebody，她不肯讓我提她的名字，所以只好猜謎，德配天地，姮娥嬋娟，她的名字鑲在裡面。

小狗多多抬高著臉，專心注意著常常來魁星樓的那個小女孩，她長了滿臉花雀斑，很少說話，只有在人很少時會對著魁星爺邊掉著眼淚邊丟出好多問題：「為什麼爸爸媽媽要把我的名字叫做美美？我才不美！我醜死了！」「要不是叫做美美，我就不會老是被嘲笑，最討厭去學校了！」「班上的同學都叫我芝麻臉，對啊，我是芝麻臉！乾脆叫我醜醜算了，我就是醜醜啊！」

應該是上課時間，美美常常沒去學校，習慣靠在廟埕前臨河谷的欄杆上發呆，要不就靜靜掉眼淚。有點像剛和媽媽分開的多多一樣，可憐兮兮的，常常想哭，有時候多多會想，也許牠應該過去陪陪她，用牠軟軟的毛在她手心裡磨著、蹭著，逗她發笑，讓她知道，芝麻臉也沒關係，還是有很多人喜歡她，至少在她爸爸媽媽心裡，她永遠都是美美，就像牠在媽媽心裡，永遠是多多一樣，媽媽說，希望牠和這個世界一樣，永遠都快樂多多、福氣多多。

可是，牠在心裡想了一千遍一萬遍也不敢靠近美美。說真的，牠很怕人。幾個月前，牠還是個小不點兒，因為貪玩，和媽媽在熱鬧的廟會裡被人群衝散，淋了幾場大雨，沾了一身泥巴，很髒，很難過，又沒有人幫牠洗澡，無論走到哪裡，不過想要點東西吃，到處都有人兇巴巴地拿起身邊的任何工具，掃把也好，棍子也好，猛地往牠身上砸下，急急要把牠趕走：「走開，野狗！」

「我叫多多，請不要隨便幫我改名字。」多多乖巧地對一個又一個路人搖起尾巴，輕輕發出吠叫聲向人們解釋：「而且，我不喜歡你們取的這個名字，野狗，好難聽唷！」

「還叫！」人們不肯認真把多多的話聽進去，只是粗魯地揮手要趕牠走。有一次，颱風天下大雨，搶著修補房子的男人心情很糟，隨手掄起斷裂在車庫邊的球棒，猛地往牠左腿劈下，多多一痛，仰頭尖嚎，第一次，牠學會懼怕人群。人們還繼續追著牠喊打，牠瘸著腿，鑽進樹叢，在豪雨中不辨方向地往前逃，逃啊！沒有意識地逃，也不知道逃了多久，更不知道要逃到什麼地方，當牠終於記起牠的腿受傷了，一下子竟痛得再也跑不動，只能停下。

附近剛好有個八角形雙層閣樓，小小的，屋子裡有一張罩著厚厚布幕的長條桌子，桌底下有足夠空間讓牠藏了進去，暗黝黝的，牠覺得分外安全。多多癱下，舔著黏在左腿毛皮上的血漬，身上的傷口和泥巴，被這場瘋狂的大雨沖刷得差不多了，居然又恢復原來鬆鬆滑滑的亮黑色，只是肢覺僵硬，身體又虛又痛，在來不及想到接下來該怎麼辦以前，牠已經累得睡了過去。

在黑暗中，睡了好長一段時間，多多餓得醒過來。可是，牠哪裡也不敢去。豪雨停下，真沒想到這個原以為很安全的八角樓外，居然，擠滿了人。一看到這些可怕的人，多多的左腿就劇烈抽痛，可是牠不敢發出聲音，只能靜靜地，在黑暗的縫隙中看著這些人群，忙忙碌碌，過來，離開，走進來又走出去。

牠聽到人們相互交談的聲音。他們把這地方叫做「魁星樓」，把牠現在住著的這個黑暗的小房子叫做「神龕」，放了很多東西在牠的

「屋頂」上，而且，對著這些東西舉起雙手合起掌向前揮幾下，一邊點著頭，一邊在嘴巴裡不斷念著：「魁星爺啊請多多保佑！」牠抬高鼻子嗅了嗅，很有把握地做了結論：那些「魁星爺」，全部都是可以吃的東西。牠看到很多次，小朋友們跟著大人合起手隨意揮過幾下，等不了多久，當大人們燒了金紙後就會拆開一包又一包「魁星爺」，讓孩子們痛快地吃個過癮。

多多一直躲著，看人們來來去去，直到餓了兩三天，實在受不了，只好打起力氣提醒自己，牠一定得出去吃點東西！瘸著腿，小心地探出頭，多多趁人們不注意時偷偷溜了出去，蹲坐在小朋友身邊，學他們一樣舉起手合掌向前揮幾下，還學著大人一邊點點頭，一邊小小聲從嘴裡發出嗚嗚嗚的想要吃東西的聲音：「魁星爺啊請讓我吃，讓我吃！」

剛開始時並沒有引起別人注意。直到有一些孩子驚奇地嚷：

「耶？你們看，那隻狗狗會拜拜耶！」

「真的耶！」「瞧，牠又在拜拜了！」

「哇，好聰明啊！這隻小狗會拜拜耶！」

「這隻會拜拜的狗，好亮、好黑，好漂亮啊！」

「天哪！魁星爺好靈顯，連狗都找到這裡來拜拜！」

原來這就叫做「拜拜」。多多還想多拜幾下，人們已經吵吵鬧鬧地擠到牠身邊看牠表演，人一多，牠就害怕得往後退。左腿的傷口差不多都好了，可是一看到人牠就會不由自主地抽痛，忽然，有人驚奇地嚷：「快瞧，那左腿！牠那左腿也是跛的，和魁星爺一模一樣。」

跟著人們的視線看過去，多多發現，原來，「魁星爺」不是那些吃的東西，是一個和牠一樣跛了左腿的神。多多偏著頭，仔細觀察魁星爺，他右手握筆，左手拿墨斗，右腳踩鰲頭，至於那隻人們說是跛了的左腳，一點也不軟弱地踢起星斗，無論從任何一個角度看起來都覺得威風凜凜的，旋扭著的身軀，充滿力量，飛揚的衣衫像身邊起了風，魁星爺就要迎著風勢向天空飛去。

這麼神氣的魁星爺，居然和牠一樣，跛著一隻沒有用的左腿？怎麼可能呢？多多不安地扭了扭身體，來回觀察好幾遍，一直到牠定居在神龕下，人們一看到牠會拜拜，就喜歡供養牠吃各種各樣好吃的貢品，說牠是魁星爺的第一護衛，牠還是左看右看，努力找著魁星爺跛了左腿的證據，最後卻不得不承認，那是一個多麼莊嚴的神啊！和牠這隻不能看家、不能打架，什麼都不會做的跛腳狗，完全不一樣，牠只能笨笨地守在魁星爺身邊，非常羨慕地聽著出入魁星樓的人，在拜拜和燒金紙的閒聊裡，不斷談起魁星爺這個聰明的讀書神，怎麼保祐他們家的孩子，考運亨通，高中好學校，找到好工作。

來這裡拜拜的人和別的地方不一樣，大家都對多多很好，可是，除非是為了吃東西，其他時候牠總是避著人群，離得遠遠的。常來廟裡的義工還會幫牠洗澡，習慣大聲地呼喚牠：「來，小狗！」

「我叫多多！不要叫我小狗，我很快就會長大，你們又要替我換一個名字。」牠著急地搖著尾巴，一邊大聲吠叫起來告訴大家：「我不喜歡一直換名字，萬一，你們叫我野狗，就會打斷我的另外一隻腿，拜託你們，叫我多多！」

「怎麼啦？不喜歡洗澡啊？小狗。」人們聽不懂牠在說些什麼，只會溫柔地摸摸牠，順著牠的皮毛哄著牠：「要乖噢！小狗，不要叫，真的不要亂叫，要不然魁星爺就不喜歡你了！」

魁星爺？對啊！怎麼沒想到請魁星爺幫忙呢？小狗多多從澡盆跳了起來，用力甩了甩，急衝到魁星爺前拜了拜，一邊認真祈禱：「魁星爺啊請保祐，不要再讓人們叫我小狗了，我叫多多，人家都說你可以讓人變聰明，請你把大家變聰明，好讓他們知道我叫做多多啊！」

牠那髒兮兮的肥皂泡泡四射飛濺，被噴了一身泡泡水的義工卻一點也沒有生氣，只是一遍又一遍對著不同的人津津樂道：「那小狗，真的好虔誠哪！才聽到我說不要亂叫，魁星爺不喜歡你了！就急得連澡也不洗，衝到魁星爺前拜了老半天，可惜沒人替我們翻譯，要不然，我們就可以知道，牠是不是也想要考狀元？」

天哪！真是胡說八道，多多瞪了那人一眼，人類真奇怪，牠才不想考什麼狀元呢！牠只是不想當「小狗」，好想回家，家裡有媽媽，有牠的小主人會叫牠多多，牠多麼希望大家叫牠一聲多多呀！只可惜，沒有人替牠翻譯，牠還是得繼續在魁星樓前當一隻神奇的「小狗」。

人們開始為牠準備一些好吃的狗料理當作貢品，什麼寶路啊！牛肉啊！雞腿、骨頭什麼的……，牠除了繼續向魁星爺祈禱，讓人們知道牠叫做多多之外，只能和這些熱情的人們保持著遠遠的距離。遠遠地，注意著廟埕前的攤販、婦女、老人、小孩……，直到牠發現美美。美美總是一個人，穿得漂漂亮亮的，待在河谷邊發呆、掉眼淚，多多心裡想，她一定和自己一樣，只能過著「幸福，可是非常不快樂」的生活。

「多多啊！」有一天，魁星爺在牠睡覺時輕輕呼喚牠。多多高興地跳起來，一時忘了該做什麼，只能打轉，一直打轉打轉，直轉到牠頭都昏了，不得不癱在地上，伸出舌頭哈哈哈地吐著氣：「魁星爺？你真的是魁星爺？啊！你當然是真的魁星爺！要不然誰會知道我叫做多多？」

魁星爺微微一皺眉，從神龕上靠著右腳的力量單腳跳下來，果然，多多注意到，他的左腿是跛的。牠安心地看了一眼自己的左腿，忽然非常確定，只要自己肯像魁星爺那麼努力，跛了一隻腿也沒有什麼關係。可是，魁星爺是神耶！誰能夠做到像他一樣這麼勇敢呢？魁星爺好聰明，一下子就猜到多多在想什麼，反而笑了起來：「不，我一點也不勇敢。年輕時讀了好多書，可惜每考必敗，又沒有勇氣繼續再接再厲，傷心氣憤之下，乾脆跳河自殺。」

多多非常吃驚，這跟牠聽來的故事完全不一樣。來拜拜的人都說，古代的讀書人要參加一種叫做科舉的「聯考」，所有剛考上的進士會站在皇宮台階下接受皇帝「面試」，皇宮的石板台階非常豪華，正中間雕刻著氣派的飛龍與鰲魚，「進士」中的第一名，叫做「狀

元」，排在最前面，剛好站在鰲魚的腦袋上，所以中狀元就叫做「獨占鰲頭」。人們很高興地傳說著，魁星爺是北斗星的魁首，二十八星宿的奎星轉世，聰明又愛讀書，只是長得醜了一點，不但跛腳，臉上還佈滿芝麻斑點，當皇帝第一眼看到魁星爺時，非常遺憾，狀元郎居然是個跛腳麻臉？

魁星爺充滿自信和機智的回答：「麻面滿天星，獨腳跳龍門。」一下子獲得皇帝真誠的尊敬，跛腳和麻臉不再是他的缺點，反而變成只屬於他的滿天星和跳龍門特色，一直被後來的人們崇拜著。多多沒想到，這樣了不起的魁星爺，也有跳河自殺的悲慘時候，急得牠昂起頭來狂吠著追問：「後來呢？後來到底怎麼了？」

「鰲魚用牠的頭把我從河裡頂了起來，擱在岸上，讓我先嚐嚐獨占鰲頭的滋味，並且要我再活一次，勇敢地去赴考。」魁星爺抬起頭，看了神龕上的鰲魚一眼，那驕傲的鰲魚把頭抬得高高的，魁星爺瞇著眼睛溫柔地看看牠，再回到多多身上，溫柔地說：「鰲魚在深海裡，一直把吃苦當作鍛鍊自己的機會。牠教我認識了什麼是真正的勇敢。我們每一個人都應該這樣，在最失意的時候學會更勇敢，認真地活，認真做自己最想做的事，你呢？你最想做什麼事？」

「我最想做多多。魁星爺啊！你可不可以讓大家知道我的名字叫做多多？」小狗的眼睛亮亮的，充滿了期盼。魁星爺搖頭笑了起來：「你想過要人們知道你是多多，到底是為了什麼嗎？你吃了那麼多貢品，也應該為人們做點事了吧？」

話一說完，魁星爺轉身飛旋回神龕上，像往常一樣，沈靜地右踩鰲頭，左踢星斗，無論多多如何狂吠，再也不對牠做任何回應。多多揉揉眼睛，真懷疑自己是不是做了一場夢？可是，牠很確定，自己沒有做夢。因為那踩在魁星爺右腳下、原只到魁星爺膝蓋邊的鰲魚，因為剛才驕傲地抬高頭，現在幾乎高到魁星爺腰間，原來，在我們不注意時，神仙們出任務回來，神像就會有一點點變動，多多下定決心，以後一定要留心察看。

才這樣一想，多多忽然發現，魁星爺在瞪牠。對了！魁星爺是要提醒牠，不要浪費時間胡思亂想，應該為人們做點事，牠以後不能再這樣鬼混、退縮，無所是事地吃貢品，過著無聊又沒有變化的日子了。可是，究竟要做些什麼事？有什麼事需要牠去做的呢？多多抬起頭，看了看靠在河谷欄杆上的美美，終於，鼓起勇氣走過去，靜靜在她身邊坐下，很久，她忽然回轉身，驚詫地問：「嘿，小狗，你在這裡做什麼？」

多多很害怕，腦子裡只想要轉身逃開，可是，牠還是決定要勇敢地停留下來。因為，牠知道美美需要牠。奇怪的是，牠好像也不在乎她叫牠小狗了，「小狗」就「小狗」吧！重要的不是名字，是要問一問自己可以做些什麼？牠用軟軟的毛在她手心裡磨著、蹭著，癢癢的讓她笑了起來，多多輕咬住她的裙子，用嘴巴推了推她走向魁星樓，然後，放下美美，想像著自己就是帥氣的「魁星爺第一護衛」，英勇地跳上神龕，舔了舔魁星爺的臉叫她注意，魁星爺臉上佈滿芝麻般星星點點的小凹洞，只是因為長期薰著香慢慢變黑，已經不怎麼明顯。

美美驚奇地看了看魁星爺，又看了看這隻聰明的小狗，原來魁星爺和她一樣，也是個芝麻臉兒小可憐，可是他一直這樣努力地保祐大家，人們都忘記他臉上的芝麻臉了。美美發了一會呆，最後，攤開雙手，第一次，準備迎接一個新朋友。

多多有點緊張，又覺得牠想要一個新朋友。一吸氣，牠勇敢地往美美懷裡跳下，美美抱緊小狗，心裡有一種陌生的感覺浮出來，熱熱的，酸酸的，可是很棒！原來自己也可以有一個好朋友，牠不在乎她是不是芝麻臉。她想到好多可以認真去做的事，畫畫，翻故事書，陪媽媽散步，讀報紙給爺爺奶奶聽……，做這些事的時候，她好快樂，和魁星爺一樣，完全沒想到自己有一張芝麻臉。

「你的毛好軟好多唷！」美美把臉埋進小狗身上厚厚軟軟的皮毛裡，忍不住開心地問：「我可以叫你多多嗎？」

多多高興地拼命搖起尾巴，終於，有人知道牠叫多多了。牠願意，為人們做更多更多的事，像牠媽媽說的，讓這世界快樂多多、福氣多多，因為，牠叫做多多呀！多多忽然想起，剛剛跳上神龕又跳下時，都忘了自己跛著一條腿，就跟神氣的魁星爺，沒什麼兩樣呢！

國家圖書館出版品預行編目資料

蜘蛛詩人：第一屆臺東大學兒童文學獎作品集／陳玉金,
黃千芬編輯. -- 臺東市：兒童文藝基金會, 2003〔民92〕
面；　公分

ISBN 957-28885-0-1（平裝）

859.3　　　　92012602

蜘蛛詩人

第一屆臺東大學兒童文學獎作品集

出版者／財團法人兒童文化藝術基金會
住址／台東縣台東市豐榮路 241 號
電話／(089) 324-662

編輯企劃／國立台東大學兒童文學研究所
執行編輯／林文寶　蔡淑娟
編輯／陳玉金　黃千芬
繪圖／盧貞穎
封面設計／小　雨
住址／台東縣台東市中華路一段 684 號
電話／(089) 318-855-3100

發行者／萬卷樓圖書有限公司
住址／台北市羅斯福路二段 41 號 6 樓之三
電話／(02) 23216565．(02) 23952992
傳真／(02) 23944113
劃撥帳號／15624015
定價／180 元
出版日期／2003 年 8 月 1 日

ISBN／957-2885-0-1

財團法人兒童文化藝術基金會